BESTSELLERWORLDBOOK 31

이솝 우화

이솝 지음 | 김재천 옮김

소담출판사

김재천

1950년 제주 출생. 다형시문학상 수상. 한국시문학상 시분과 회원. 국제팬클럽 회원.
현, 국민일보 주간국 취재부장으르 있으며, 시집으로 『배반의 시어』 『베베에게』 등이 있다.
역서로 『귀향』 『위대한 유산』 『가진 자와 안 가진 자』 『향수』 등 다수가 있다.

BESTSELLERWORLDBOOK 31

이솝 우화

펴낸날 | 1992년 10월 5일 초판 1쇄
1996년 3월 15일 중판 1쇄
2003년 4월 20일 중판 13쇄

지은이 | 이솝
옮긴이 | 김재천
펴낸이 | 이태권
펴낸곳 | 소담출판사
서울시 성북구 성북동 178-2 (우)136-020
전화 | 745-8566~7 팩스 | 747-3238
e-mail | sodam@dreamsodam.co.kr
등록번호 | 제2-42호(1979년 11월 14일)

ISBN 89-7381-031-6 00890
● 책 가격은 뒤표지에 있습니다

www.dreamsodam.co.kr

BESTSELLERWORLDBOOK 31

Fables Of Aesop

Aesop

소크라테스가 작은 집을 짓고 있었다.
그것을 보고 지나가던 사람이 말했다.
"당신 같은 사람이 이렇게 작은 집을 지으시다뇨? 왜 좀더 큰 집을 짓지 않으십니까?"
그러자 소크라테스는 말했다.
"이 집을 채울 만큼이라도 진실한 친구를 찾을 수 있었으면 좋겠네."

Fables Of Aesop

차례

참을성에 대한 문제

몹시 굶주린 여우가 속이 빈 참나무 구멍에 양치기가 잊고 놓아 둔 약간의 빵과 고기가 있는 것을 발견했다. 여우는 살금살금 기어 들어가 그것을 먹어치웠다. 배가 잔뜩 부른 여우는 그 구멍에서 다시 빠져나올 수가 없었다.

다른 여우가 지나가다가 그가 외치는 비탄의 소리를 듣고 다가오더니, 무슨 일이냐고 물었다. 사정 이야기를 듣고 난 여우가 말했다.

"음, 그렇다면 네가 들어갔을 때처럼 배가 홀쭉해질 때까지 기다리는 수밖에 없겠군. 배가 홀쭉해지면 쉽게 그곳을 빠져나올 수 있을 거야."

그리고 그는 그 자리를 떠나 버렸다.

◎ 아무리 어려운 문제라도 세월이 지나면 해결된다는 것을 깨우쳐 주는 이야기이다.

친구냐 원수냐

여우 한 마리가 울타리를 기어오르다 미끄러졌다. 그는 떨어지지 않으려고 찔레 덤불을 꽉 움켜잡았다. 그 가시에 찔려서 피가 나자 여우는 고통에 못 이겨 소리를 질렀다.

"도움이 될까 해서 잡았더니, 너는 나를 전보다 더욱 궁지에 몰아넣는구나."

"그래, 친구야!"

찔레 덤불이 말했다.

"나를 붙잡은 것은 아주 많이 실수한 거야. 왜냐하면 나는 모든 것을 붙잡고 늘어지는 성질을 가졌거든."

◎ 본질상 도움보다는 피해를 주는 상대에게 의지하는 사람들의 어리석음을 빗대어 이야기한 것이다.

여우와 신포도

무더운 여름날, 굶주림에 허덕이고 있던 여우가 포도덩굴 아래를 지나다가 주렁주렁 매달려 있는 먹음직한 포도송이를 발견했다. 여우는 너무나 기쁜 나머지 어서 빨리 따먹으려고 껑충 뛰었다. 그러나 포도송이는 너무 높이 달려 있어서 도저히 따먹을 수가 없었다. 다시 한 번 껑충 뛰어 보았으나 아무래도 헛수고라는 것을 깨달은 여우는 결국 단념하고 말았다. 그러고는 포도덩굴 아래를 떠나면서 중얼거렸다.

"저 포도는 설령 딸 수 있다 해도 아마 시큼해서 못 먹을 거야."

◎ 이와 마찬가지로, 사람들도 자신의 능력 부족으로 어떤 일에 실패했을 때 그 원인을 주위 탓으로 돌린다.

행동으로 말하라

사냥꾼들에게 쫓기고 있던 여우가 나무꾼을 보고 숨겨 달라고 애원했다. 나무꾼은 여우에게 오두막 안으로 들어가 있으라고 말했다.

얼마 지나지 않아 사냥꾼들이 들이닥쳐서 나무꾼에게 이쪽으로 여우가 지나가지 않았느냐고 물었다. 그는 대답은 "아니오."라고 하면서 손가락은 여우가 숨어 있는 곳을 가리켰다. 그러나 사냥꾼들은 나무꾼의 암시를 이해하지 못한 채 제 갈 길을 가 버리고 말았다.

사냥꾼들이 사라진 것을 안 여우는 바깥으로 나와서 고맙다는 말도 없이 그냥 가려고 했다. 나무꾼은 죽게 된 것을 구해 주었는데 인사도 없이 간다면서 여우를 꾸짖었다.

여우가 달아나면서 외쳤다.

"만일 당신의 행동이 말과 일치했더라면 나도 고맙다는 인사를 했을 겁니다."

◎ 남들 앞에서는 공공연하게 선행을 하는 척하다가 뒤돌아서서는 딴청을 부리는 사람들을 빗대어 말하는 것이다.

죽은 자는 말이 없다

여우와 원숭이가 함께 여행을 했는데, 서로 자기 신분이 더 고귀하다면서 그 일로 오랫동안 다투었다. 어느 마을에 이르렀을 때, 원숭이가 한곳을 바라보며 무엇인가 알아들을 수 없는 말을 중얼거렸다. 왜 그러느냐고 여우가 물었다. 그러자 원숭이는 거기 모여 있는 몇 개의 무덤을 가리키며 말했다.

"우리 조상들이 부렸던 노예들 그리고 그들로부터 자유를 얻었던 노예들의 무덤을 보고 내가 애도의 뜻을 갖는 것은 당연하지 않은가?"

그러자 여우가 대답했다.

"마음껏 거짓말을 해 봐. 그들 중 어느 누구도 자네에게 반박하려고 일어나지는 않을 테니까."

◎ 허풍쟁이들에게 적용되는 이야기이다. 허풍쟁이들은 들통이 나기 전까지는 계속 허풍을 떨어 대기 때문이다.

여우의 꾀와 염소의 어리석음

여우 한 마리가 물탱크 속으로 굴러떨어져 빠져나올 수 없게 되었다. 목이 마른 염소가 가까이 다가오더니, 여우에게 물맛이 좋으냐고 물었다. 여우는 이때를 놓치지 않고 온갖 감언이설을 늘어놓으며 물맛이 좋으니 내려오라고 재촉하였다. 염소는 너무도 갈증이 났으므로 무작정 아래로 내려가 물을 배불리 마셨다.

그러고 나서 그들은 다시 올라갈 방법에 대해서 궁리하기 시작하였다.

"내게 좋은 생각이 있어."

여우가 말했다.

"네가 우리 둘이 이곳을 나갈 수 있는 어떤 일을 하면 돼. 그 방법은 네가 앞발을 벽에다 대고 뿔을 똑바로 버티는 거야. 그러면 내가 날쌔게 위로 올라가 너를 끌어올려 줄게."

염소는 기꺼이 동의하였다. 여우는 염소의 엉덩이와 어깨 그리고 뿔을 딛고는 물탱크 속을 빠져나가 재빨리 달아나 버렸다.

염소는 여우가 약속을 지키지 않은 데 대해 화를 냈다. 그러자 다시 돌아온 여우는 이렇게 말하였다.

"넌 머리에 든 생각보다 턱수염의 털이 오히려 많은 모양이지? 그렇지 않았다면, 올라올 방법에 대해서는 생각해 보지도 않은 채 무작정 내려오진 않았을 텐데."

◎ 어떤 일을 시작하는 데 있어서, 지각 있는 사람은 깊이 생각하고 나서 확신이 섰을 때에야 비로소 착수한다.

체면을 세우려면 네 꼬리를 잘라라!

덫에 꼬리를 잘린 한 여우가 그 흉칙스러움을 비관한 나머지 그만 죽고 싶은 심정이 되었다. 곰곰이 생각하던 여우는 한 가지 꾀를 냈다. 그것은 다른 여우들도 모두 꼬리를 자르게 하는 것이었다.

여우는 곧 모든 여우들을 모아 놓고 말했다.

"자, 모두 내 꼬리를 좀 봐. 이렇게 꼬리를 자르니까 얼마나 편한지 몰라. 너희들도 나처럼 그 불편한 꼬리를 잘라 버리는 게 어때?"

그러자 그들 중의 하나가 비웃음이 담긴 얼굴로 말했다.

"이 멋진 꼬리를 왜 잘라 버리라는 거야? 제 부끄러움을 가리기 위해 우리를 이용하려고 하는 저 녀석 말에 속으면 안 돼."

◎ 자신의 이익을 위해 주위 사람들에게 충고하는 사람을 빗대어 하는 이야기이다.

여우와 가면

여우가 어떤 배우의 집에 들어갔다. 여우는 그 배우의 물건들을 샅샅이 뒤졌다. 그 가운데서 그는 재능 있는 예술가의 작품인 도깨비 머리를 연상시키는 가면 하나를 발견하였다.

여우는 앞발로 그것을 집어 올리고는 말하였다.

"얼마나 훌륭한 머리인가! 이 안에 두뇌가 없다는 것이 아쉽구나!"

◎ 겉모습은 훌륭하지만 속이 텅 빈 사람들을 상기시키는 이야기이다.

얼간이를 위한 교훈

까마귀가 훔친 고깃덩이를 물고 나뭇가지에 앉아 있었다. 이를 본 꾀 많은 여우가 그 고기를 빼앗아 먹을 궁리를 하였다.

여우는 나무 밑에서 위를 올려다보며 까마귀에게 말을 걸었다.

"까마귀님, 당신은 정말 멋지군요. 새들 중에서 가장 아름답고, 목소리도 고우시니 마땅히 까마귀님이 모든 새들의 왕이 되어야 해요."

까마귀는 여우의 칭찬에 우쭐했다.

'내가 새들의 왕이 되어야 한다고? 어디 그럼 멋진 목청으로 호령을 한번 해 볼까?'

까마귀는 있는 힘을 다하여 "까악!" 하고 소리를 질렀다. 그 바람에 입에 물었던 고깃덩이가 땅에 떨어졌다.

떨어진 고기를 냉큼 입에 물고 달아나면서 여우가 까마귀에게 말했다.

"다른 모든 조건에다가 지능만 보태면 너는 이상적인 왕이 되었을 텐데."

일방 통행

너무 쇠약해서 먹이를 얻기 위해 사냥하거나 싸울 수가 없게 된 늙은 사자 한 마리가, 이제는 꾀를 써서 먹이를 구해야겠다고 마음먹었다. 그는 앓고 있는 체하면서 동굴 속에 누워 문병 온 동물들을 잡아먹었다.

이런 식으로 수많은 동물들이 사라져 버리자, 그와 같은 속임수를 꿰뚫어 본 여우가 동굴에서 약간 떨어진 곳에 멈추어 섰다. 그러고는 몸은 좀 어떠냐고 물어보았다.

"좋지 않아."

사자가 대답하였다.

"그런데 너는 문병을 왔다면서 왜 들어오지 않는 거냐?"

"물론 들어가야 옳은 줄 압니다만."

여우가 말했다.

"저는 동굴로 들어가는 행렬은 많이 보았지만, 나오는 이들을 전혀 보지 못했거든요."

◎ 슬기로운 사람은 해악을 피하기 위해 제때에 위험 신호를 알아채는 법이다.

어부지리(漁夫之利)

사자와 곰이 새끼 사슴 한 마리를 놓고 싸우기 시작하였다. 그런데 서로 너무 심하게 치고 받고 한 나머지, 마침내 둘 다 지쳐 쓰러졌다.

지나가던 여우가 지쳐 쓰러진 그들과 그 사이에 놓여 있는 새끼 사슴을 보고 있다가, 새끼 사슴을 물고 유유히 사라져 버렸다. 여우를 말릴 수 없었던 사자와 곰이 말했다.

"결국 여우 녀석을 위해서 이 모든 수고와 고통을 감수했다니. 아, 우리의 가혹한 운명이여!"

◎ 서로 다투다 보면 엉뚱한 사람에게 이득이 돌아간다는 이야기이다.

경험으로 배워라

사자와 당나귀와 여우가 함께 사냥을 하러 나갔다. 제법 많은 사냥감이 쌓이자, 사자가 당나귀에게 그것들을 나누라고 하였다. 당나귀는 사냥감을 셋으로 똑같이 나눈 다음, 사자에게 하나를 고르라고 하였다. 그러자 사자는 격분하여 당나귀에게 달려들어 잡아먹어 버렸다.

사자는 이번에는 여우에게 사냥감을 나누라고 말하였다. 여우는 자기 몫으로 얼마 안 되는 보잘것없는 것들을 남기고 나머지 거의 모두를 하나로 합쳐 놓았다. 그러고는 사자에게 선택하라고 말하였다.

사자는 여우에게 그런 식으로 물건을 나누는 것을 어디에서 배웠느냐고 물었다.

여우가 대답했다.

"바로 조금 전 당나귀에게 일어났던 일에서 배웠지요."

◎ 우리는 타인의 불행을 목격함으로써 지혜를 배운다.

제 꾀에 빠진 여우

당나귀와 여우가 함께 길을 가다가 사자를 만났다.

"이 일을 어쩌지?"

당나귀와 여우는 두려움에 몸을 떨었다.

그러나 여우는 곧 사자에게 다가가 자기를 해치지 않겠다고 약속하면 당나귀를 넘겨주겠다고 제의하였다.

"좋아, 약속하지."

사자의 약속을 받아 내자, 여우는 당나귀를 속여서 함정에 빠뜨렸다.

"당나귀를 잡아 드렸으니, 저는 가도 되겠죠?"

여우가 가려고 하자, 사자가 잡았다.

"이제 당나귀는 도망칠 수 없게 되었으니, 너부터 잡아먹어야겠다."

◎ 친구와의 신의를 저버리는 사람은 결국 파멸에 이르게 된다.

착 취 자

이솝이 어떤 선동 정치가를 사형시킬 것인가 살려 줄 것인가를 심판하는 사모스의 한 대중 집회에서 연설을 하였다.

"강을 건너던 여우 한 마리가 깊은 도랑에 빠지고 말았습니다. 여우는 빠져나가기 위해 온갖 애를 다 써 보았지만 허사였습니다. 여우의 몸에는 거머리들까지 달라붙어 고통이 더했습니다.

그때 그곳을 지나던 고슴도치 한 마리가 여우를 측은히 여겨 그 거머리들을 떼어 주겠다고 말했습니다.

'안 돼요, 제발 그러지 마십시오.'

여우가 말했습니다.

'왜 안 된다는 겁니까?

고슴도치가 물었습니다.

'왜냐하면 이것들은 이미 배불리 먹었으니 더 이상 피를 빨아먹진 않을 것입니다. 하지만 당신이 이 거머리들을 떼어 버린다면, 굶주린 또 다른 거머리들이 달라붙어 내게 남은 피를 모두 빨아먹을 것이오.'

여우의 이 말을 당신들에게 들려주고 싶습니다."

이솝이 덧붙여 말했다.

"이 사람은 당신들에게 더 이상은 해를 끼치지 않을 것입니다. 왜냐하면 부유하니까요. 그러나 당신들이 이 사람을 죽여 버린다면 굶주린 다른 사람들이 나타나게 될 것이고, 그들은 계속 도둑질을 하여 마침내는 당신들의 보물 창고를 텅 비게 할 것입니다."

인간과 사자

옛날에 사자와 인간이 함께 여행을 하고 있었다.

길을 가다 보니, 사자의 목을 조르고 있는 인간의 모습이 새겨져 있는 바위가 눈에 띄었다.

인간이 그것을 가리키며 사자에게 말했다.

"저것 보게, 우리 인간들이 자네들보다 얼마나 더 강한가."

그러자 사자의 얼굴에 비웃음이 번졌다.

사자가 말했다.

"우리 사자들이 조각하는 법을 알고 있었더라면, 자네는 사자가 인간을 타고 앉아 있는 모습을 종종 보았을 텐데."

무장 해제

사자가 농부의 딸에게 반해서 청혼을 하였다. 너무도 뜻밖의 일이라 농부는 깜짝 놀랐다. 사자에게 사랑스러운 딸을 시집보낸다는 것은 생각조차 하기 싫은 일이었다. 그러나 단번에 거절했다가는 사자가 무슨 짓을 할지 몰랐다.

곰곰이 생각한 끝에 농부는 마침내 좋은 꾀를 내었다.

"청혼을 받아들이되, 한 가지 조건이 있네. 신부가 될 내 딸이 두려워하고 있는 자네의 그 날카로운 이빨과 발톱을 뽑아 버린다면 좋겠는데."

농부의 딸에게 홀딱 반해 있던 사자는 그만한 희생은 감수해야 한다고 생각했다. 그래서 곧 숲 속으로 돌아가 이빨과 발톱을 모두 뽑아 버리고 다시 나타났다.

농부는 사자를 보자마자 몽둥이를 들고 달려 나왔다. 사자는 화가 났으나 이빨과 발톱이 없어 꼼짝 못하고 숲 속으로 쫓겨 갔다.

◎ 너무 쉽게 제시된 충고는 따르지 말아야 한다. 만약 자연이 다른 사람들보다 뛰어난 장점을 주었다면, 그것을 잃지 않도록 노력해야 한다.

분별력

어느 뜨겁고 건조한 여름날, 사자와 멧돼지가 작은 샘으로 물을 마시러 왔다. 그들은 서로 먼저 마시려고 다투었는데, 그것이 아주 큰 싸움이 되어 버렸다.

그러다가 한숨 돌리기 위해 잠시 싸움을 중단하고 주위를 둘러보니, 어느 쪽이든 먼저 죽으면 그 고기를 먹기 위해 기다리고 있는 독수리들이 눈에 띄었다. 그것을 본 사자와 멧돼지는 싸움을 그쳤다.

"우린 친구가 되는 편이 더 좋겠어."

그들은 말했다.

"독수리나 까마귀 떼에게 먹히는 것보다는 말이야."

◎ 화해할 수 있는 분별력이 없다면, 싸움은 모두를 위험에 빠지게 하는 결과를 낳는다.

더 나은 것을 얻으려다 가진 것조차 잃다

사자가 죽은 듯이 잠들어 있는 토끼를 막 잡아 삼키려고 하였을 때, 그 옆으로 사슴 한 마리가 지나갔다. 사자는 토끼를 내버려두고 사슴을 쫓아갔다. 그 바람에 잠에서 깨어난 토끼는 도망치고 말았다.

사슴은 워낙 빨라서, 한참 따라갔으나 잡을 수가 없었다. 마침내 사자는 추격을 멈추고 토끼를 잡으려고 되돌아왔다. 그러나 사자가 돌아왔을 때, 토끼는 이미 보이지 않았다.

"꼴 좋게 되었군."

사자가 중얼거렸다.

"더 좋은 것을 잡으려고 하다가 내 손안에 들어온 먹이를 놓치다니."

◎ 사람은 때때로 이 사자와 비슷하다. 적당한 이익에 만족하는 대신, 어떤 좀더 유혹적인 기대에 관심을 갖는다. 그러고는 틀림없이 소유할 수 있었던 것조차 잃어버렸다는 사실을 깨닫고 놀라는 것이다.

사자의 몫

사자는 힘을, 나귀는 빠른 걸음을 이용하여 함께 사냥을 하고 있었다.

동물을 웬만큼 사냥하였을 때, 사자는 그것을 세 덩어리로 나누었다.

"나는 첫 번째 몫을 가지겠네."

사자가 말했다.

"왜냐하면 나는 왕으로서 가장 높은 지위를 차지하고 있기 때문이지. 그리고 자네의 동료로서 두 번째 몫을 갖겠네. 마지막으로 이 세 번째 몫은, 자네가 슬그머니 물러서는 길을 택하지 않는다면 자네를 심각한 재난으로 이끄는 것이 될 걸세."

◎ 무엇을 하든 자신의 능력에 맞는 일을 해야 하며, 자기보다 너무 강한 사람들과 연합하거나 결탁해서는 안 된다.

차별 대우

사자가 사냥한 수소를 먹으려고 할 때, 산적이 나타나 그것을 좀 나누어 줄 수 없겠느냐고 물었다.

"드리지."

사자가 말했다.

"당신이 상습적인 도둑이 아니라면."

그리고 사자는 그 산적을 쫓아 버렸다.

다음에는 한 선량한 나그네가 그 길목을 지나게 되었다. 나그네는 사자를 보자마자 놀라서 뒷걸음질을 쳤다.

사자는 가능한 한 온순하고 조용히 말하였다.

"이봐요, 당신은 욕심이 없군요. 탐욕스럽지 않은 자는 그에 합당한 몫이 주어지게 되는 법이오."

사자는 나그네에게 그 수소를 나누어 주었다.

그런 다음, 사자는 남은 수소를 나누어 줄 다른 나그네를 찾기 위해 숲 속으로 사라졌다.

◎ 겸손함은 드물고 탐욕이 판을 치는 세상에 경고가 될 만한 이야기이다.

두려운 것은 매한가지

사자는 잘생긴 외모, 무서운 이빨과 발톱 그리고 다른 모든 동물보다 위대한 힘을 주었지만 한 가지 수탉을 두려워하게 만든 것에 대해 프로메테우스를 비난했다.

어느 날, 프로메테우스가 사자에게 말했다.

"네가 나를 비난한다는 것을 알고 있다. 그러나 어떤 능력이든 그것은 내 힘이 닿는 한 너를 위해 부여한 것이다. 다시 말해, 너는 내가 줄 수 있는 모든 것을 가지고 있다. 그럼에도 불구하고 어떤 약점이 있다면, 그것은 너 자신의 영혼에 관한 문제이다."

이 말을 들은 사자는 너무나 슬픈 나머지 죽기로 마음먹었다. 그때 사자 앞에 코끼리가 나타났다.

사자는 코끼리가 끊임없이 귀를 움직이고 있는 것을 보고 물었다.

"너는 왜 잠시도 귀를 가만히 놔두지 않는 거냐?"

마침 작은 날벌레 한 마리가 코끼리의 머리 주위로 날아올랐다. 그것을 가리키며 코끼리가 말했다.

"저 윙윙거리는 작은 날벌레가 보이지요? 저놈이 제 귀 속에 들어오는 날엔 끝장입니다."

그 말에 사자의 얼굴이 밝아졌다.

"나는 크고 강하며, 코끼리보다 운이 좋군. 그러나 어쨌든 수탉은 날벌레보다 더욱 두려운 것임엔 틀림없어."

뛰어난 음모자

한 늙은 사자가 병이 들어 동굴 속에 누워 있게 되자, 여우를 제외한 모든 동물들이 사자 왕을 문안하기 위해 모였다.

여우에 대해서 험담을 할 기회를 잡은 늑대는 사자에게 들으라는 듯이, 여우는 왕에 대해 존경심을 갖고 있지 않으며, 바로 그것이 그가 문병을 오지 않은 이유라고 말했다.

마침 그때 막 동굴로 들어오던 여우가 그 말을 들었다. 늑대의 말을 들은 사자가 험상궂게 으르렁거리자, 여우는 변명할 기회를 달라고 했다.

"여기 모여 있는 동물들 중에서 누가 나만큼 당신을 위해 수고한 자가 있습니까? 나는 당신의 병을 치료할 의사를 찾으려고 사방팔방으로 애쓰며 돌아다녔습니다. 그러다가 마침내 한 가지 방법을 알아내었죠."

"그래, 그 치료법이란 게 무엇이냐?"

사자의 말에 여우가 회심의 미소를 지으며 말했다.

"살아 있는 늑대의 가죽을 벗겨서, 그것이 아직 따뜻할 동안 당신의 몸 위에 얹어 놓아야 합니다."

늑대는 죽은 듯이 가만히 있었다. 그를 곁눈질하며 여우가 말을 이었다.

"좋은 신하란 왕을 성나게 하기보다 용기를 북돋아 드려야 하는 법이죠."

◎ 음모를 꾸미는 자는 그 음모로 인하여 스스로 파멸에 이르게 된다.

배신에 대한 대가

어느 날, 늑대들이 개들에게 말했다.

"너희가 정말로 우리와 닮았다면, 어째서 우리와 형제처럼 화합하지 않는 거냐? 생각하는 것만 빼고 우리 사이엔 차이가 없다. 우리는 말할 수 없이 자유롭게 생활하고 있는데, 너희는 매질을 하고 목에 개 줄을 매어 구속하는 인간들을 위해 양 떼를 지키면서 마치 노예처럼 굽신거리고 있구나. 게다가 그들이 너희들에게 주는 음식이라는 것은 살코기도 없는 뼈다귀뿐이다. 어떠냐, 양 떼를 우리에게 넘겨주지 않을 테냐? 그러면 너희에게도 그것을 나누어 주겠다."

이런 제안에 귀가 솔깃해진 개들은 양 떼를 늑대들에게 넘겨주기로 했다. 그러나 늑대들은 양의 우리 안으로 들어서자마자 먼저 개들을 죽이기 시작하였다.

◎ 나라를 배반한 매국노에 대한 대가도 이와 같은 것이다.

그릇된 탐욕

늑대가 냇가에서 물을 마시고 있는 새끼 양을 발견하였다. 늑대는 그 새끼 양을 잡아먹기 위해, 새끼 양이 물을 흐리게 하는 바람에 마실 수가 없다고 트집을 잡았다.

그러자 새끼 양이 말했다.

"저는 혀끝으로 물을 마셨을 뿐이고, 또 냇가의 아래쪽에 있는데 어떻게 위에 있는 물을 흐리게 할 수 있겠어요?"

그 방법으로는 안 되겠다고 생각한 늑대가 다시 말했다.

"그래, 이제 생각났는데, 넌 작년에 우리 아버지를 욕했지?"

"전 그때는 태어나지도 않았는걸요."

새끼 양이 대답했다.

"너는 대답할 말을 잘도 찾아내는구나."

늑대가 말했다.

"그렇지만 어쨌든 난 너를 잡아먹어야겠다."

◎ 마음먹고 해치려고 하는 사람 앞에서는 어떤 청원도 소용없는 법이다.

고약하게 보답받은 친절

뼈가 목에 걸린 이리가 자기의 고통을 덜어 줄 누군가를 부지런히 찾아다니다가 왜가리를 만났다.

"만일 내 목에 걸린 뼈를 빼 주면 충분히 사례를 하겠네."

이리가 말했다.

왜가리는 이리의 목구멍 속으로 머리를 집어넣어 뼈를 뽑아 낸 다음, 약속한 사례를 요구하였다.

"사례라고?"

이리가 대꾸하였다.

"이리의 입에 들어갔던 머리가 안전하게 나온 것에 만족하지 않고 사례를 요구하다니, 뻔뻔스러운 친구로군."

◎ 악한 자에게 도움을 베풀 때 바랄 수 있는 유일한 보답은 해나 당하지 않는 것이다.

독재자

늑대들의 왕이 된 늑대가 각자 사냥에서 잡은 것을 모아 똑같이 분배한다는 법을 만들었다. 배고픔 때문에 서로를 잡아먹는 불상사를 피하자는 뜻이었다.

그때 당나귀가 갈기를 흔들면서 나타나 말했다.

"늑대답지 않게 고상한 생각을 하셨군요. 하지만 늑대님은 왜 어제 사냥한 토끼를 당신의 동굴 속에 감추어 두었죠? 그것도 꺼내어 모두에게 나누어 주어야지요. 안 그래요?"

당나귀의 폭로로 창피를 당한 늑대 왕은 얼굴이 빨개져서 숨겨 두었던 토끼를 꺼내다가 나누어 먹었다.

◎ 공정한 법률을 제정하는 척하는 사람들은 스스로는 그 법을 지키지 않는다.

잘못된 신뢰

늑대 한 마리가 양 떼를 따라오기 시작하였다. 처음에 양치기는 늑대를 적으로 생각하고 주의 깊게 감시했다. 하지만 늑대가 조금도 약탈을 하려 하지 않고 계속 따라오기만 하자, 양치기는 늑대를 흉계를 품은 적이 아닌 보호자로 간주하고 늑대를 양 떼와 함께 남겨 두고 마을로 볼일을 보러 갔다.

마침내 기회를 잡은 늑대는 양 떼에게 달려들어 갈가리 찢어 놓았다. 마을에서 돌아온 양치기가 그 광경을 보고 말했다.

"늑대에게 양을 맡겼으니 당연한 대가를 받은 셈이군."

◎ 인간에게도 해당되는 이야기이다. 탐욕스러운 사람에게 귀중품을 맡기는 사람은 그것을 잃어버릴 각오를 해야 한다.

어쩔 수 없는 도둑

한 양치기가 늑대 새끼 몇 마리를 발견했다. 그는 그들이 커서 자신의 양 떼를 지키고, 또한 다른 늑대 새끼들을 잡아 올 수 있으리라 기대하고는 매우 정성스럽게 길렀다.

그러나 성장한 늑대 새끼들은 기회를 엿보아 주인의 양 떼를 괴롭히는 일부터 시작하였다.

"꼴 좋게 되었군."

양치기는 그들이 저지른 짓을 목격하고는 신음 소리를 내고 말했다.

"녀석들이 자라서 이런 짓을 할 줄 미리 알았더라면, 아직 어렸을 때 없애 버릴 방법을 모색했을 텐데."

◎ 만일 흉악한 인간의 목숨을 구해 준다면, 목숨을 구함으로써 흉악한 인간이 가지게 된 힘에 의해 구해 준 사람 자신이 첫 번째로 희생될 것이다.

착각

늑대가 양으로 변장을 하면 먹이를 많이 구할 수 있을 것이라는 생각을 했다. 양치기를 속이기 위해 양 가죽을 뒤집어쓴 늑대는 아무도 모르게 풀밭에 있는 양 떼 틈으로 끼어들었다.

저녁이 되자, 양치기는 양 가죽을 쓴 늑대를 양 떼와 함께 우리 안에 가두었다. 늑대는 군침을 삼키면서 양치기가 잠들기만 기다렸다.

그런데 그날 밤 귀한 손님이 양치기를 찾아왔다. 모처럼 찾아온 손님을 대접하기 위해 양치기는 칼을 들고 양 우리로 들어가 양을 한 마리 끌고 나왔다. 그런데 그 양은 바로 양 가죽을 쓴 늑대였다.

◎ 본성을 따르지 않고 주제넘은 짓을 하는 사람은 위험과 고통을 감수해야 한다.

심사숙고

옛날에 토끼들이 모여서 회의를 했다. 그들은 인간이나 개, 독수리, 그 밖에도 무수한 동물들의 먹이가 될 수밖에 없는 자기들의 처지를 한탄했다.

위협과 두려움 속에서 일생을 사느니 차라리 목숨을 끊어 그런 생활에 종지부를 찍는 편이 낫다는 쪽으로 결론이 났다. 그래서 토끼들은 모두 연못에 몸을 던져 자살하기로 마음을 먹었다.

연못가에는 개구리들이 웅크리고 앉아 있었는데, 토끼들의 발소리에 놀란 개구리들은 물속으로 허겁지겁 달아났다.

그 모양을 보고 토끼들 중에서 똑똑한 한 녀석이 말했다.

"잠깐! 우리 모두 희망을 가지고 경솔한 짓을 그만두기로 합시다. 세상에는 우리 같은 토끼를 보고도 겁을 내는, 우리보다 더 약한 존재가 있으니까요."

◎ 자신보다 더 나쁜 상황에 처해 있는 다른 사람들을 보는 것은 불행한 사람들에게는 위안이 된다.

언행일치

생쥐 한 마리가 잠자는 사자의 몸뚱이 위로 뛰어 올라갔다. 잠에서 깨어난 사자는 그 생쥐를 붙잡아서 잡아먹으려고 하였다. 그러나 생쥐가 살려 주기만 하면 반드시 보답하겠다면서 풀어 달라고 애걸하자, 사자는 큰 소리로 껄껄 웃고는 생쥐를 놓아주었다.

그로부터 얼마 지나지 않은 어느 날, 사자가 사냥꾼에게 잡혀 밧줄에 묶인 채 나무에 매달려 있었다. 사자의 신음 소리를 들은 생쥐는 곧장 달려와 밧줄을 이빨로 갉아서 사자를 자유롭게 풀어 주었다.

"먼젓번에 내가 살려 주면 보답하겠다고 하자 당신은 큰 소리로 웃었지요?"

생쥐가 말했다.

"나 같은 것이 당신의 친절에 보답할 수 있으리라는 기대를 하지 않았기 때문일 테지요."

◎ 강한 인간이 보다 연약한 인간의 도움을 필요로 할 때도 있는 법이다.

교만한 자는 오래가지 못한다

생쥐들은 족제비들에게 늘 호된 봉변을 당하며 살고 있었다. 견디다 못한 생쥐들은 족제비들을 이길 방법을 찾기 위해 회의를 열었다.

패배의 원인이 통솔력 부족에 있다고 결론이 나자, 그들 중 몇을 뽑아서 장군으로 삼았다. 그런 다음 장군들과 나머지 생쥐들을 구분하기 위한 표시로 뿔을 만들어 그 머리 위에 붙였다.

이윽고 전투가 시작되었다. 생쥐 군대는 이번에도 크게 패하여 도망치게 되었다. 생쥐들은 모두 안전하게 구멍 속으로 달아날 수 있었으나, 뿔 때문에 도망칠 수 없었던 장군들은 포로가 되어 족제비들에게 잡아먹히고 말았다.

◎ 허영심은 이따금 불행의 원인이 되기도 한다.

도시쥐와 시골쥐

시골쥐가 도시에 살고 있는 친구를 초대하였다. 도시쥐는 흔쾌히 승낙하고 시골쥐를 방문하였다. 시골쥐는 도시쥐를 반갑게 맞이하고는 음식을 대접했다. 그러나 시골쥐가 내놓은 음식은 보리와 썩은 콩 같은 보잘것없는 것뿐이었다.

그것을 보고 도시쥐가 시골쥐에게 말했다.

"자네는 마치 개미처럼 불쌍하게 살고 있군. 나는 도시에서 좋은 음식만 먹고 산다네. 나와 함께 우리 집으로 가세. 그 음식들을 전부 나누어 주겠네."

그래서 그들 둘은 곧장 도시로 출발했다.

도시쥐는 시골쥐의 눈앞에 배, 콩, 빵, 대추야자, 치즈, 꿀 그리고 과일을 내놓았다. 깜짝 놀란 시골쥐는 그를 마음껏 축하해 주고, 자신의 운명을 한탄했다.

그런데 그들이 저녁 식사를 하려고 했을 때 갑자기 문이 열렸다. 도시쥐와 시골쥐는 그 소리에 깜짝 놀라 허겁지겁 도망을 쳤다. 그들이 다시 돌아와 말린 무화과를 막 먹으려고 하였을 때, 다른 사람이 또 무엇인가를 가지러 방안으로 들어왔다. 그들은 다시 구멍 속으로 뛰어들어 몸을 숨겼다.

일이 이렇게 되자, 시골쥐는 굶주리는 한이 있어도 시골로 가야겠다고 결심을 하였다.

"잘 있게, 친구."

시골쥐가 말했다.

"자네나 배불리 먹고 유쾌하게 지내게나. 자네의 진수성찬은 위험과 불안이라는 값비싼 대가를 치르고 얻어 낸 것이군. 눈치나 보며 누가 올지 몰라 겁내면서 맛있는 음식을 먹는 것보다는 보리와 썩은 콩으로 된 보잘것없는 음식이라도 마음 편히 먹는 편이 낫겠네."

◎ 평화와 고요함이 있는 검소한 생활은 사치스럽게 지내며 불안으로 고통받는 것보다 낫다.

합당한 통치자 얻기

다스리는 이가 없다는 것에 권태를 느낀 개구리들이 왕을 얻기 위하여 제우스 신에게 대표단을 파견하였다. 그들이 매우 단순하다는 것을 알고 있었던 제우스 신은 우선 연못에다 나무토막 하나를 떨어뜨렸다. "첨벙!" 하는 소리에 기겁을 한 개구리들은 연못 밑바닥까지 파고 들어갔다. 그러나 곧 나무토막이 움직이지 않게 되자, 개구리들은 수면으로 나와 마침내 그것을 경멸하면서 그 위에 펄쩍 뛰어올라 웅크리고 앉았다.

그런 물건에 의해 다스려진다는 것에 자존심이 상한 개구리들은 다시 제우스 신에게 왕을 바꾸어 달라고 간청했다.

"이 물건은 너무 게을러서 우리의 왕이 될 수 없어요."

개구리들이 말했다.

개구리들에게 정나미가 떨어진 제우스 신은 닥치는 대로 집어삼키는 물뱀 한 마리를 그들에게 보내 주었다.

◎ 이 우화는, 폭군보다는 게으르지만 무해한 통치자를 모시는 편이 낫다는 것을 가르쳐 준다.

하나면 충분하다

햇님의 결혼식이 끝난 어느 여름날, 모든 동물들이 모여 흥겹게 놀고 있었다. 개구리들도 그들 틈에 끼어서 즐거워하고 있었다.

그때 개구리 중의 하나가 말했다.

"이런 얼간이들, 도대체 뭐가 신나서 이렇게 놀고 있는 거야? 태양 하나만 해도 우리가 사는 진흙 연못쯤 바짝 말려 버릴 수 있는데, 태양이 아내를 얻어서 자기와 닮은 아이를 두게 된다면 우린 꼼짝없이 죽을 거야."

◎ 어리석은 사람들은 종종 잘못된 일에 대해서도 분별 없이 좋아한다.

죄값에 어울리는 처벌

땅쥐가 운수 사납게 개구리와 친구가 되었다. 어느 날, 개구리가 땅쥐에게 비열한 장난을 걸었다. 자기 발에 땅쥐의 발목을 잡아맨 것이다. 연못가에 이른 개구리는 얼른 물속으로 뛰어들었다. 그리고 이리저리 헤엄을 치고 다니며 한껏 즐거워했다.

불행한 땅쥐는 개구리에게 질질 끌려 다니며 뱃속 가득 물을 삼키고는 죽고 말았다. 땅쥐의 몸뚱이는 물 위에 둥둥 뜬 채 여전히 개구리의 발목에 단단히 묶여 있었다. 땅쥐를 발견한 솔개가 발톱으로 느닷없이 잡아채어 올리자, 몸을 움직일 수 없게 된 개구리는 땅쥐와 함께 끌려 올라갔다. 마침내 솔개는 개구리마저 먹어치웠다.

◎ 사람은 심지어 죽어서라도 원수를 갚을 수 있다. 아무도 정의의 심판에서 벗어날 수 없다. 왜냐하면 정의의 신은 죄값에 따라 적절한 처벌을 내리기 때문이다.

너무 늦게 깨달은 교훈

창문 옆에 매달려 있는 새장 안에서 새 한 마리가 밤에만 노래를 부르곤 하였다. 그 노랫소리를 듣고 있던 박쥐가 다가오더니, 어째서 낮에는 가만히 있고 밤에만 노래를 하느냐고 물어보았다.

"그럴 만한 이유가 있지요."

새가 말했다.

"낮에 노래를 부르다가 잡혀 왔거든요. 경험이 가르쳐 준 지혜라고 할 수 있지요."

그러자 박쥐가 말했다.

"이제 와서 조심해 보았자 무슨 소용이 있는가. 잡히기 전에 조심했어야지."

◎ 실패한 후에 뉘우치면 너무 늦는다는 것을 가르쳐 주고 있다.

모방 본능

원숭이 한 마리가 높다란 나뭇가지에 앉아서 어부들이 강물에 그물을 던지고 있는 것을 지켜보았다.

어부들이 그물을 내버려둔 채 식사를 하러 가자, 원숭이는 나무에서 내려와 원숭이들이 으레 그러듯이 조금 전에 본 대로 흉내를 내려고 했다. 그러나 그물에 발을 대자마자 그만 그물코에 얽혀서 물에 빠지는 바람에 죽을 처지에 놓이고 말았다.

원숭이는 울면서 생각했다.

'나는 그물을 어떻게 다루는지도 모르면서 고기를 잡으려 한 데 대한 당연한 대가를 치르고 있는 거야.'

◎ 자신과 관련도 없는 일에 끼어들면 이익을 얻기는커녕 오히려 후회하게 될 경우가 생긴다.

서툰 거짓말쟁이

바다 여행을 하는 사람들은 항해하는 동안의 지루함을 잊기 위해 종종 애완용 개나 원숭이를 데리고 다닌다. 어떤 여행자가 원숭이를 데리고 아티카 해안에 있는 카피수니움으로 출발하였을 때, 거센 폭풍이 일어 배가 뒤집히게 되었다. 원숭이까지 포함하여 배에 탔던 모든 사람들은 물속으로 뛰어들어 헤엄을 쳐야만 했다.

원숭이가 허우적거리고 있을 때, 돌고래가 그를 사람으로 착각하여 육지로 실어다 주었다. 아테네의 항구 도시인 피레우스에 도착하자, 돌고래는 원숭이에게 아테네 태생이냐고 물어보았다.

원숭이는 그렇다고 하면서, 자기 부모는 아테네의 저명한 시민이었다고 덧붙였다. 돌고래는 원숭이에게 피레우스를 알고 있느냐고 물었다. 피레우스를 사람으로 생각한 원숭이가 대답했다.

"물론 잘 알고 있지. 그는 나와 가장 절친한 친구라네."

그러자 터무니없는 거짓말에 화가 난 돌고래는 원숭이를 바다에 처박아, 빠져 죽도록 내버려두었다.

◎ 무수한 거짓말로 다른 사람들을 속이는 사람을 빗대어 말하고 있는 것이다.

오월동주(吳越同舟)

서로 몹시 싫어하는 두 사람이 같은 배에 타게 되었다. 한 사람은 고물에, 다른 한 사람은 이물에 앉아 있었다. 그런데 갑자기 폭풍우가 몰아쳐 배가 가라앉을 위기에 처했다. 그러자 고물에 앉아 있던 사람이 배의 어느 부분이 먼저 가라앉을 것 같으냐고 조타수에게 물었다.

그러자 이물 쪽이 먼저 가라앉을 것이라는 대답을 듣고 그가 말했다.

"나보다 내 원수가 먼저 죽는 것을 볼 수만 있다면, 난 죽어도 상관없소."

◎ 대다수의 사람들은 자기의 적이 먼저 고통을 당한다면 자기 자신에게 무슨 일이 생기든 개의치 않는다.

약점 잡힌 사슴

한쪽 눈이 먼 사슴이 해안으로 풀을 뜯어 먹으러 나갔다. 사냥꾼이 나타나는지 망을 보기 위해 잘 보이는 눈을 육지 쪽으로 향하게 하고, 안 보이는 눈은 바다 쪽으로 돌렸다. 바다 쪽으로부터 어떤 위험이 닥쳐 오리라고는 예상하지 않았기 때문이다. 그런데 해안에서 배를 내린 사람들이 사슴을 발견하고는 총을 쏘았다.

피를 흘리고 죽어 가면서 사슴은 생각했다.

'육지에서 공격해 올 줄 알고 망을 보고 있었는데, 바다로부터 예상 못했던 위험이 닥쳐 올 줄이야.'

◎ 우리의 예상은 이따금 빗나간다. 우리를 해칠지도 모른다고 두려워한 것은 도움이 되고, 구해 주리라고 생각했던 것은 오히려 파멸을 초래하기도 한다.

속고도 조심하지 않다

병에 걸린 사자가 동굴 속에 누워 있었다. 친한 이웃인 여우에게 사자가 말했다.

"여보게, 내가 병석에서 일어나기를 바란다면, 자네의 그 달콤한 언변으로 커다란 사슴을 내 발톱이 닿는 곳까지 꾀어 오게나. 난 그 녀석의 내장이 먹고 싶어 미칠 지경이란 말일세."

동굴 밖으로 나간 여우는 곧 숲에서 뛰어 돌아다니는 사슴을 발견했다. 여우는 사슴과 어울려 뛰놀다가 말을 건넸다.

"자네에게 좋은 소식이 있네. 우리의 왕인 사자님이 내 이웃이라는 것은 자네도 알고 있겠지? 지금 사자님은 병이 나서 거의 죽게 되었다네. 그래서 동물들 가운데 누가 자신의 뒤를 이어 왕이 될 만한가 깊이 생각해 보셨는데, 돼지는 어리석고, 곰은 게으름뱅이이며, 표범은 성미가 고약하고, 호랑이는 허풍쟁이라서 안 되겠다는 거야. 그런데 사슴은 키가 크고, 오래 살고, 게다가 뿔은 뱀의 간담을 서늘하게 하기 때문에 마음에 든다고 하셨네. 간단히 말하자면, 자네가 다음 왕으로 지명되었다네. 자네에게 이 소식을 맨 먼저 전해 준 나에게 어떤 보답을 하겠나? 빨리 말해 주게. 나는 바쁜 몸이야. 사자님이 내가 돌아오기만 기다리고 계시거든. 내 생각으론 자네는 다음 왕이 될 몸이니 나와 함께 가서 사자님이 돌아가실 때까지 그분 곁에 머물러 있는 것이 좋을 것 같은데, 자네는 어떻게 하겠나?"

이 말에 우쭐해진 사슴은 어떤 일이 벌어질지 조금도 의심하지 않은 채 여우와 함께 동굴로 갔다.

사자는 사슴을 보자마자 맹렬하게 달려들었다. 그러나 병 때문에 워낙 기운이 빠져 발톱으로 사슴의 귀에 상처를 내는 것이 고작이었다. 사슴은 깜짝 놀라 숲 속으로 쏜살같이 달아나고 말았다.

여우는 자신의 수고가 물거품이 되어 버린 것에 실망하여 땅을 쳤고, 사자는 배고픔과 분을 못 이겨 큰 소리로 신음하며 울부짖었다.

잠시 후, 미련을 버리지 못한 사자는 여우에게 다시 사슴을 꾀어 오라고 했다.

"참으로 어렵고도 골치 아픈 일이로군요."

여우가 말했다.

"그러나 사자님을 위해서라면 기꺼이 하겠습니다."

교활한 여우는 양치기를 만나 귀에 상처를 입은 사슴이 지나가지 않았느냐고 물었다. 양치기는 사슴이 자취를 감춘 숲 쪽을 손가락으로 가리켰다. 이윽고 여우는 도망치다 지쳐서 땀을 식히고 있는 사슴을 발견하고 뻔뻔스럽게 말을 걸었다. 그러자 사슴은 벌컥 성을 내었다.

"이 몹쓸 여우야."

사슴은 말했다.

"이제 다시는 안 속아. 더 이상 다가온다면 죽을 각오를 해야 할걸. 어서 가서 네 교활한 꾀에 속아 넘어갈 다른 어리석은 동물을 찾아봐. 왕이 되게 해 주겠다는 말에 좋아서 들뜰 녀석이나 찾아보란 말이다."

"내 진심을 그렇게 몰라 주다니, 정말 섭섭하군."

여우가 말했다.

"자네의 친구인 나를 이렇게 의심하긴가? 사자님이 자네의 귀를 잡은 것은, 죽기 전에 왕으로서의 중대한 임무에 대해 충고와 지시를 하려고 했던 거야. 그런데 자네는 병든 왕의 앞발에 조금 할퀴었다고 그렇게 화를 내나? 사자님은 지금 자네보다 더 화가 나서 늑대를 후계자로 삼으려고 한다네. 만약 늑대가 왕이 되면 흉악한 독재자가 될 거야. 그래도 좋은가? 두려워 말고 나와 함께 가세. 맹세코 사자님은 자네를 해치지 않으며, 자네 말고는 다른 후계자를 두지도 않을 거라는 사실을 내 장담하지."

불쌍한 사슴은 여우의 감언이설에 넘어가 다시 사자의 동굴로 갔다. 사슴은 동굴에 들어서자마자 잔뜩 벼르고 있던 사자의 발톱에 찢겨 죽고 말았다. 사자는 사슴의 뼈, 내장, 골수까지 삼켰다. 옆에 있던 여우는 사슴의 심장을 몰래 훔쳐 내어 자신의 수고에 대한 상이라 생각하고 먹어치웠다.

사슴의 심장을 찾는 사자에게 여우는 안전한 거리에 떨어져 서서 말했다.

"찾아도 소용없을 겁니다. 그 녀석에겐 원래 심장이 없었거든요. 두 번씩이나 사자의 소굴로 들어와 결국 잡아먹힌 녀석에게 무슨 심장이 있겠습니까?"

◎ 명예욕 때문에 마음이 흐려지게 되면, 자기를 둘러싸고 있는 위험조차 느끼지 못하는 법이다.

운명의 장난

목이 마른 수사슴이 샘가로 와서 물을 마시고 난 뒤, 물속에 비친 제 모습을 보게 되었다. 그는 자기의 크고 아름다운 뿔에는 자부심을 느꼈으나, 가냘프고 허약해 보이는 다리는 몹시 불만스러웠다.

그때 사자가 나타나 사슴에게 달려들었다. 사슴은 재빨리 달아나 사자를 따돌렸다. 그것은 오직 그의 허약해 보이던 다리 덕분이었다.

앞이 확 트여 있는 동안은 안전하게 계속 앞으로 전진하였다. 그러나 나무가 빽빽이 들어찬 지역에 이르자, 뿔이 나뭇가지에 걸려 사슴은 더 이상 도망가지 못하고 급기야는 사자에게 붙들리고 말았다.

막 잡아먹히려고 할 때, 사슴은 생각했다.

'아아, 슬프다! 불만스럽게 여겼던 다리가 나를 보호해 주고, 자만심을 채워 주었던 뿔이 나를 파멸시키는구나.'

◎ 위험에 빠져 있을 때, 신의를 의심했던 친구는 우리를 구원하는 반면 맹목적으로 신뢰했던 친구가 배신하는 것은 흔히 있는 일이다.

충고를 무시한 거북

거북이 독수리에게 날아다니는 법을 가르쳐 달라고 졸랐다.

"너는 날아다니는 일에는 적합하지 않아."

독수리가 말했으나, 거북은 물러서지 않고 더욱 성가시게 졸라 댔다.

그래서 독수리는 발톱으로 거북을 움켜쥐고 높은 산으로 데리고 올라가 놓아주었다. 거북은 바위 기슭에 떨어져 산산조각이 나고 말았다.

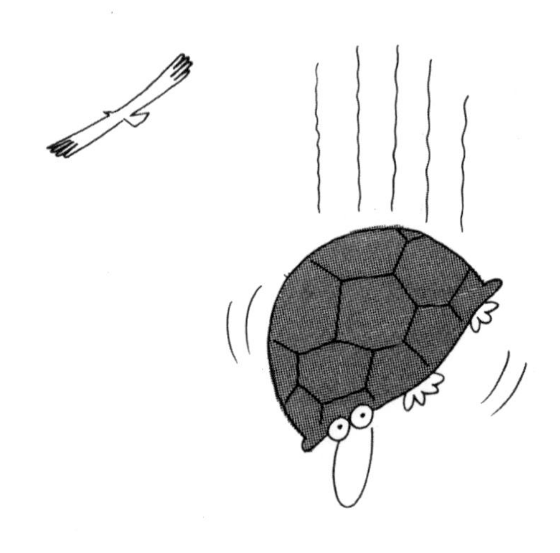

◎ 사람들은 경쟁심 때문에 치명적인 결과를 초래할 수 있는 일을 지적해 주는, 보다 현명한 사람의 충고를 때때로 무시한다.

토끼와 거북

거북과 토끼가 서로 누가 더 빠른가를 놓고 다투다가 마침내 달리기를 하기로 했다. 자기가 천성적으로 빠르다는 사실에 자신만만했던 토끼는 길가에 누워서 잠이 들었다. 실컷 자고 일어나 달려도 거북보다 빨리 목적지에 도착할 수 있다고 생각했기 때문이다.

거북은 자기가 원래 느리다는 것을 잘 알고 있었으므로, 잠시도 쉬지 않고 터벅터벅 걸어갔다. 그리하여 마침내 잠들어 있는 토끼를 지나쳐서 경주에 이겼다.

◎ 천부적인 재능을 타고난 사람이라도 부지런한 사람은 당할 수 없다.

사악한 자의 결말

독수리와 암여우가 친하게 되어 가까이 살기로 마음먹었다. 독수리는 높은 나무 꼭대기로 날아 올라가 거기서 알을 낳고, 암여우는 그 아래 덤불숲에 새끼들을 낳았다.

어느 날, 암여우가 먹이를 구하러 나갔다. 시장기를 느낀 독수리는 덤불숲을 덮쳐 암여우의 새끼들을 잡아먹었다. 집으로 돌아온 암여우는 새끼를 잃은 것도 슬프지만, 독수리에게 복수하기 어렵다는 사실에 더욱 애통해하였다. 땅을 딛고 사는 여우가 어떻게 새에게 복수할 수 있겠는가? 암여우가 할 수 있는 일은, 약하고 힘없는 동물처럼 멀리 떨어져서 원수를 저주하는 것뿐이었다. 그러나 오래지 않아 우정의 신성한 의무를 깨뜨린 독수리가 천벌을 받게 되었다.

사람들이 들판에서 염소를 제물로 제사를 드리고 있었다. 독수리는 제단으로 날쌔게 날아 내려가, 불에 타고 있는 고깃조각들을 낚아채어 가지고 둥지로 올라갔다. 그때 마침 강한 바람이 불어, 독수리 둥지가 있던 마른 나뭇가지에 불이 붙었다. 결국 아직 날지 못하는 새끼 독수리들은 불에 타서 땅으로 떨어졌다. 암여우는 곧바로 뛰어나가 독수리가 보고 있는 가운데 새끼 독수리들을 모조리 먹어 버렸다.

몰지각한 경쟁

동물들이 모여 있는 가운데 원숭이가 일어나 춤을 추었다. 모인 무리들이 원숭이의 춤 솜씨를 칭찬하며 열광적으로 박수를 치자, 낙타는 원숭이가 몹시 부러웠다. 그래서 저도 일어나서 원숭이처럼 춤을 추려고 애썼다.

너무나 우스꽝스러운 그 꼴을 보고 화가 난 구경꾼들은 몰매를 때려 낙타를 쫓아 버렸다.

◎ 질투심에 사로잡혀 자기보다 뛰어난 사람과 경쟁하려는 사람에게 어떤 일이 일어나게 되는지 보여 주는 이야기이다.

보은

덫에 걸린 독수리를 발견한 한 사나이가 그 아름다움에 반하여 자유롭게 풀어 주었다. 독수리는 목숨을 구해 준 은혜를 결코 잊지 않았다.

어느 날 그 사나이가 담 밑에 앉아 있는데, 독수리가 달려들어 목에 두르고 있던 수건을 발톱으로 채어 가지고 달아났다. 사나이는 벌떡 일어나 독수리를 쫓아갔다. 독수리는 얼마쯤 가다가 수건을 떨어뜨렸다.

수건을 주워 들고 먼저 있던 자리로 돌아온 사나이는 독수리가 얼마나 신통한 방법으로 자기의 친절에 보답했는지 알게 되었다. 사나이가 앉아 있던 바로 그 자리에 담장이 무너져 있었던 것이다.

독수리가 될 뻔한 갈까마귀

독수리가 높은 바위에서 날아 내려와 새끼 양을 낚아채었다. 그 광경을 보고 부러웠던 갈까마귀는 자기도 독수리처럼 해 보려고 수양을 날쌔게 내리덮쳤다. 그러나 양을 들어 올리기는 고사하고, 발톱이 양털에 걸려 아무리 빠져나가려고 안간힘을 써도 허사였다. 이를 목격한 양치기가 달려와 갈까마귀를 붙잡았다.

그날 저녁, 양치기는 갈까마귀를 집으로 가지고 갔다. 무슨 새냐고 아이들이 묻자 양치기가 대답했다.

"내가 알기로는 갈까마귀인데, 글쎄, 이 녀석이 독수리 행세를 하려고 하지 뭐냐."

◎ 자기보다 더 강한 사람을 앞지르려고 하다가는 헛수고로 끝날 뿐만 아니라 망신까지 당할 우려가 있다.

추방당한 갈까마귀

한 갈까마귀가 몸집이 큰 것을 믿고 친구들을 무시했다. 그는 까마귀들에게 가서 같이 살게 해 달라고 부탁하였다. 그러나 생김새나 목소리가 자기들과 다르다며 까마귀들은 그를 마구 때려서 쫓아 버렸다. 그는 다시 갈까마귀들을 찾아갔다. 전에 무시당했던 일로 화가 나 있던 갈까마귀들은 그를 받아 주지 않았다. 그리하여 그는 양쪽 집단에서 다 추방당하고 말았다.

◎ 외국이 살기 좋다는 이유로 조국을 떠난 사람들에게도 이와 비슷한 일이 발생한다. 새로운 정착지에서는 이방인이기 때문에 신뢰받지 못하고, 자기 나라 사람들로부터는 고향을 등진 자로 경멸을 당하기도 한다.

빌려 온 옷

제우스 신이 새들의 왕을 뽑기 위하여 모든 새들에게 정해진 날짜에 모일 것을 명했다.

"가장 아름다운 새를 왕으로 뽑을 것이다."

새들은 모두 강둑으로 내려가서 몸단장을 하기 시작했다. 갈까마귀는 자신이 얼마나 못생겼는지 알고 있었으므로, 다른 새들이 떨어뜨린 깃털을 주워 모아 온몸에 붙였다.

지정된 날이 되자, 새들은 모두 제우스 신 앞에서 줄지어 행진하였다. 화려한 깃털로 장식한 갈까마귀도 그들 속에 끼어 있었다. 그의 돋보이는 풍채를 본 제우스 신은 그에게 왕의 자리를 주려고 하였다. 그때 다른 새들이 갈까마귀에게 달려들어 각자 자기의 깃털을 뽑아 갔다. 그리하여 갈까마귀는 본래의 못생긴 모습으로 되돌아갔다.

◎ 빚을 진 사람들도 이 갈까마귀와 마찬가지이다. 그들은 다른 사람의 돈으로 한껏 치장을 한다. 그 빚을 몽땅 갚게 한다면, 그들에게 남는 것은 갈까마귀처럼 초라한 몸뚱이뿐이다.

손안에 든 새

나이팅게일이 늘 하던 대로 노래를 부르며 높은 참나무 가지 위에 앉아 있었다. 마침 먹을 것을 찾고 있던 매가 위에서 내리덮쳤다. 나이팅게일은 보내 달라고 애걸하며 죽음의 위험에서 필사적으로 벗어나려고 했다.

"저는 당신의 식사거리로는 너무 작으니, 만일 배가 고프시다면 좀 더 큰 새를 쫓는 것이 좋지 않겠습니까?"

그러자 매가 말했다.

"내 수중에 걸려든 먹이를 놓치고 언제 나타날지도 모르는 것을 쫓다니, 내가 왜 그런 어리석은 짓을 해야 하지?"

◎ 보다 큰 욕망 때문에 눈앞에 있는 행복을 포기한다는 것은 어리석은 일이다.

배은망덕

덫에 걸려든 까마귀가 아폴로 신에게 기도했다.

"만일 저를 구해 주신다면, 당신을 위해 제물을 바치겠습니다."

그러나 막상 기도가 이루어지자, 까마귀는 그 맹세를 까맣게 잊어버렸다.

그 후 까마귀는 다시 덫에 걸렸다. 그러자 이번에는 헤르메스 신에게 살려 주면 제물을 바치겠다고 약속하였다.

그 말을 듣고 헤르메스 신이 말했다.

"이 비열한 녀석아, 먼젓번에 은혜를 배반하는 것을 보았는데, 내가 너를 믿어 주리라고 기대하느냐?"

◎ 은혜를 배반하는 사람은 곤경에 빠졌을 때 도와 줄 사람을 찾지 못할 것이다.

황새의 보복

숲 속의 여우와 물가의 황새가 서로 친구가 되어 사이좋게 지내기로 했다.

어느 날, 여우가 황새를 자기 집으로 초대했다. 황새는 좋아하며 여우의 집으로 갔다.

여우는 먹음직스러운 수프를 넓적한 접시에 담아 내왔다.

"자, 어서 먹게."

여우는 수프를 황새에게 권하며 자기도 맛있게 먹었다.

그러나 황새의 긴 부리로는 넓적한 접시에 담긴 수프를 도저히 먹을 수가 없었다.

"자네는 수프를 별로 좋아하지 않는 모양이지?"

여우는 빙글빙글 웃으며 황새의 몫까지 가져다가 먹어 버렸다.

며칠 후, 이번에는 황새가 여우를 자기 집으로 초대했다. 황새는 목이 긴 병에 맛있는 음식을 담아서 내왔다. 주둥이가 짧은 여우로서는 도저히 병 속에 든 음식을 먹을 수가 없었다.

황새는 병 속으로 긴 부리를 넣어 그 음식을 맛있게 먹어치우고 난 다음, 얼굴이 빨개진 채 잠자코 앉아 있는 여우에게 말했다.

"여보게, 자네는 이런 음식을 좋아하지 않는 모양이군. 그러면 내가 마저 먹어야겠네."

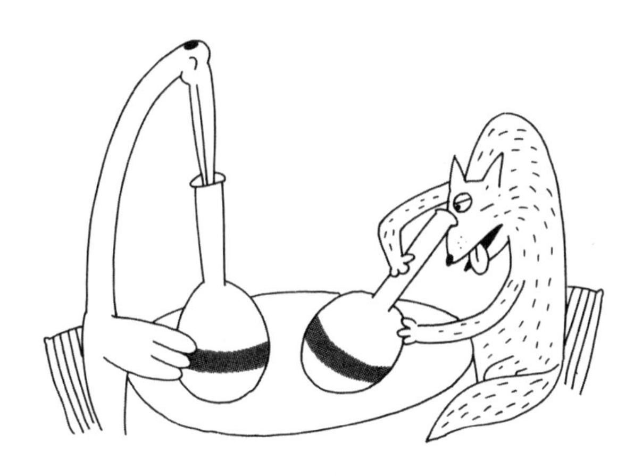

◎ 만약 누군가를 고의로 곤경에 빠지게 했다면, 언젠가는 자신도 똑같은 곤경을 당할 수 있다는 것을 풍자한 이야기이다.

앵무새와 고양이

어떤 사람이 앵무새 한 마리를 사서 길렀다. 앵무새는 난롯가에 웅크리고 앉아 계속 유쾌하게 지저귀고 있었다. 고양이가 앵무새에게 물었다.

"너는 누구니? 어떻게 이 집에 왔지?"

앵무새가 말했다.

"나는 앵무새라고 합니다. 주인님이 얼마 전에 사 오셨지요."

"넌 무척 뻔뻔스런 녀석이구나. 새로 온 주제에 그렇게 시끄럽게 굴다니! 만약 내가 너처럼 소리를 낸다면, 집안 사람들은 화가 나서 날 쫓아낼 거야."

고양이의 말에 앵무새가 대꾸했다.

"그야 당신과 나는 다르죠. 사람들은 내 목소리를 당신 소리만큼 싫어하지 않거든요."

◎ 항상 다른 사람의 결점을 잡으려고 하는 심술궂은 사람을 풍자하고 있다.

발등에 불이 떨어져야

옛날에 종달새가 덜 여문 옥수수 밭에 둥지를 틀고 부드러운 옥수수 싹을 새끼들에게 먹여 길렀다. 마침내 새끼들은 머리에 볏이 돋아나고, 제 구실을 할 수 있게 되었다.

어느 날, 밭 주인인 농부가 밭을 둘러보고 말했다.

"이제 추수하는 것을 도와 줄 친구를 불러와야겠군."

막 볏이 돋아난 새끼 종달새 중의 하나가 그 말을 듣고 아빠 종달새에게 이사할 만한 새로운 보금자리를 찾자고 말하였다.

"아직 떠날 필요 없단다."

아빠 종달새가 말했다.

"친구가 도와 주겠거니 하고 믿는 사람은 그 일을 그다지 서둘러 시작하지는 않을 거야."

며칠 후, 농부가 다시 나타나 뜨거운 햇볕에 시들어 가는 곡식 이삭을 보고는 다음날 추수할 사람과 곡식 단 나르는 사람을 고용해야겠다고 말했다.

"이제야말로 어디 다른 곳으로 떠나야 할 때다."

아빠 종달새가 새끼들에게 말했다.

"그가 친구들 대신 자기 자신을 믿고 있다면 말이야."

백조의 노래

백조가 매우 아름다운 목소리를 가지고 있다는 것을 알고 어떤 사람이 백조 한 마리를 샀다. 어느 날, 그는 파티를 열었다. 그는 백조에게 포도주를 마시며 놀고 있는 손님들에게 노래를 한 곡조 불러 달라고 부탁하였다. 그러나 백조는 노래할 생각은 하지 않고 슬픈 표정만 짓고 있었다.

세월이 지난 뒤, 백조는 자기가 죽을 때가 되었다는 것을 예감하고 노래하기 시작했다. 주인이 그 노랫소리를 듣고 말했다.

"전에 너에게 노래를 불러 달라고 부탁한 내가 바보였구나. 그때 나는 차라리 너에게 죽을 준비를 시켰어야 하는 건데."

◎ 호의를 가지고 일을 하지 않을 때, 사람들은 때때로 자기 뜻과는 반대되는 행위를 하게 되는 경우가 있다.

패배당한 승리자

수탉이 암탉의 사랑을 얻으려고 경쟁자와 싸움을 했다. 그 결과 호되게 당한 수탉은 캄캄한 구석으로 숨어 버렸다.

한편, 승리자는 높은 담장 위로 올라가더니 목청껏 "꼬끼오!" 하고 울었다. 바로 그때 독수리가 위에서 내리덮쳐 그를 낚아채어 갔다. 캄캄한 은신처에서 무사히 살아남은 그 수탉은 비로소 방해받지 않고 암탉에게 구애를 할 수 있게 되었다.

◎ 신은 교만한 자에게는 응징을 가하지만, 겸손한 자에게는 자비를 베푼다.

수탉의 꾀

개와 수탉이 우정을 맺고 함께 여행길에 올랐다. 저녁이 되자 수탉은 나무 위로 올라가 잠이 들었고, 개는 나무 밑의 구멍 속에 잠자리를 마련하였다. 밤이 지나자 수탉은 습관대로 자신의 울음소리로 새벽이 온 것을 알렸다. 그 소리를 듣고 암여우가 나타나서 말했다.

"너는 아주 훌륭한 목소리를 가졌구나. 이리 내려와서 다시 한 번 들려주지 않겠니?"

수탉이 말했다.

"그러려면 밑에서 자고 있는 문지기를 먼저 깨워 문을 열어 달라고 부탁해야 하는데."

암여우가 문지기를 찾으려고 하는 순간, 개가 갑자기 뛰어나와 암여우를 물어뜯어 버렸다.

◎ 적에게 공격을 받을 때, 현명한 사람은 자기가 의지할 수 있는 사람에게로 적을 유인함으로써 그 음모를 좌절시킨다.

그릇된 신뢰

물총새는 외딴 곳을 좋아하여, 사람의 손이 미치지 않는 해변 바위 위에 둥지를 만들고 바다에서 한평생을 보내는 새다.

옛날에 물총새 한 마리가 파도가 부딪히는 바위 위에 둥지를 틀고 새끼를 낳았다. 어느 날, 물총새가 먹이를 찾으러 나갔을 때 세찬 폭풍이 휘몰아쳤다. 물총새의 둥지는 높은 파도에 휩쓸려 새끼들이 모두 물에 빠져 죽고 말았다.

"세상에 이럴 수가!"

물총새는 울부짖었다.

"나를 잡기 위해 쳐놓은 그물을 피해 바다로 왔는데, 피난처로 생각한 이 바다야말로 위험한 곳이었구나."

◎ 사람들도 이와 같이 행동하는 경우가 있다. 자신을 적으로부터 보호하려다 보면 그보다 더 위험천만한 지경에 빠질 수가 있는 것이다.

실행하기 전에 잘 생각해라

몹시 갈증이 난 비둘기가 그림 속에 있는 물병을 보았다. 그림을 진짜로 판단한 비둘기는 요란하게 날갯짓을 하면서 그림을 향해 돌진하였다. 그 결과, 날개가 부러진 채 땅으로 떨어진 비둘기는 지나가는 사람에게 붙잡히고 말았다.

◎ 무턱대고 일에 덤벼들지 말라. 인간의 무모한 열정은 때로 파멸을 재촉하기도 한다.

비참한 탄생

비둘기장에 갇혀 있는 비둘기가 자신이 길러 낸 많은 새끼들에 대해 거드름을 피우면서 자랑을 하였다. 그 말을 듣고 있던 까마귀가 다음과 같이 말했다.

"자랑할 만도 하군요. 그러나 당신이 자식을 낳으면 낳을수록 그만큼 가엾은 포로가 늘어나는 셈이니, 그들은 당신의 가슴을 미어지게 할 것입니다."

◎ 고된 일에 종사하고 있는 사람들에게 해당되는 이야기이다. 그중에서도 가장 비참한 것은 노예로서 아이를 낳는 일이다.

배신자의 죽음

늦은 밤에 어떤 사람이 새 사냥꾼의 집에 도착하였다. 아무것도 대접할 만한 것이 없었던 주인은 길들인 자고새를 잡으려고 하였다. 그러자 자고새는 친구들을 그물로 유인하여 잡을 수 있도록 봉사하였음에도 불구하고 자기를 잡아먹으려고 하는 주인에게 배은망덕한 사람이라고 비난하였다.

"그건 널 잡아먹기에 좋은 이유가 되는 셈이지."

주인이 말했다.

"너는 친구들을 배신한 놈이니까."

◎ 배신자는 그로 인해 피해를 입은 사람은 물론이고 그를 이용한 사람들에게서조차 미움을 받게 된다.

두려움에 대한 인내

사자에게 쫓기고 있던 수소가 들염소들이 살고 있는 동굴 속으로 도망쳐 들어왔다. 그러자 염소들은 뿔로 수소를 받으려고 하였다.

"내가 이런 수모를 참고 견디는 이유는 너희가 두려워서가 아니야."

수소가 말했다.

"바깥에 서 있는 저 짐승이 두려워서지."

◎ 사람들은 보다 힘센 사람들에 대한 두려움 때문에 보다 약한 사람들의 공격을 종종 견뎌 내기도 한다.

불리한 흥정

멧돼지와 말이 목장에서 풀을 뜯어먹고 있었다. 멧돼지가 늘 풀밭을 망가뜨리고 물을 흐리게 하자, 말은 멧돼지를 골탕 먹일 궁리를 했다. 말은 때마침 지나는 사냥꾼에게 도움을 청했다.

사냥꾼이 말했다.

"네게 굴레를 씌워서 그 등에 올라타도록 해 준다면 도와 주지."

말은 멧돼지만 혼내 줄 수 있다면 아무래도 좋다고 생각하고 흔쾌히 승낙했다.

그러자 사냥꾼은 말의 등에 올라타 멧돼지를 처치한 후, 자기 집으로 말을 몰고 가서 여물통에 묶어 버렸다.

◎ 적에게 보복하겠다는 일념으로 맹목적인 분노에 사로잡힌 사람은 자칫하면 제삼자의 지배하에 묶이게 된다.

망신당한 고양이

어떤 집에 쥐들이 들끓었다. 그것을 알게 된 고양이가 그 집으로 가서 쥐를 한 마리씩 차례로 잡아먹었다. 마침내 쥐들은 고양이의 힘이 미치지 못하는 쥐구멍 속에 기어 들어가 나오려 하지 않았다.

고양이는 어떻게 해서든지 쥐들을 꾀어 내어야겠다고 결심했다. 그래서 벽으로 기어 올라가 스스로 나무 못에 매달리고는 죽은 척하고 있었다. 쥐 한 마리가 구멍 밖으로 나왔다가 고양이를 발견하고 말했다.

"그래 봐야 소용없어, 이 친구야. 비록 자네가 자루로 변장했다 할지라도 말려들지 않을 테니까."

◎ 현명한 사람은 경험을 통해 배우기 때문에 결코 속임수에 넘어가지 않는다.

속일 수 없는 본능

고양이가 잘생긴 한 청년에게 반해서 아프로디테 여신에게 자신을 인간으로 바꾸어 달라고 간청하였다. 여신은 고양이를 불쌍히 여겨 아름다운 처녀로 변하게 해 주었다.

청년은 처녀를 보자마자 사랑에 빠졌고, 마침내 아내로 삼기 위해 처녀를 집으로 데려갔다. 그들이 침실에서 쉬고 있을 때, 아프로디테 여신은 고양이의 본능이 현재의 모습에 맞게 변했는지 알고 싶어 처녀 앞에 쥐 한 마리를 풀어 놓았다. 처녀는 자기가 어디에 있는지 깜빡 잊어버린 채 침대에서 뛰어오르더니 쥐를 잡아먹기 위하여 그 뒤를 좇았다. 그러자 화가 난 여신은 처녀를 원래의 모습으로 되돌려 놓았다.

◎ 마찬가지로, 사악한 사람은 비록 외모가 바뀌었다고 할지라도 본성은 버리지 못하는 법이다.

이기심에 대한 처벌

말과 나귀가 그들의 주인과 함께 여행을 하고 있었다.

"내 짐을 좀 나누어 져 주지 않겠니?"

나귀가 말에게 말했다.

"자네가 내 목숨을 구하고 싶다면 말일세."

그러나 말은 들은 척도 하지 않았다.

마침내 나귀는 너무 지쳐서 땅에 쓰러져 죽고 말았다. 그러자 주인은 말의 등에다 짐을 모두 싣고, 거기에 나귀의 가죽까지 실었다.

말은 신음하며 울부짖었다.

"아아, 진작 나귀의 말을 들었으면 이런 꼴은 안 당할 텐데."

◎ 둘 다 살기 위해서는 강자는 약자를 도와 주어야 한다는 교훈이 담긴 이야기이다.

가난한 자의 행운

두 마리의 노새가 돈이 가득 들어 있는 바구니와 보리를 잔뜩 채운 자루를 각각 짊어지고 여행을 하고 있었다. 돈이 든 바구니를 운반하고 있던 노새는 어깨에 달린 방울을 짤랑거리며 목을 꼿꼿이 세우고 으스대면서 걷고 있었다. 한편, 보리를 잔뜩 실은 노새는 차분하고 조용하게 그 뒤를 따라갔다.

그때 느닷없이 잠복해 있던 산적들이 덤벼들었다. 필사적으로 저항을 했으나 돈을 짊어진 노새는 돈을 전부 빼앗기고 칼에 찔리기까지 하였다. 그러나 보리는 훔칠 만한 가치가 없다고 생각한 산적들은 보리를 짊어진 노새는 건드리지 않았다.

돈을 몽땅 털리고 게다가 상처까지 입은 노새가 자신의 혹독한 운명을 한탄했다. 그러자 다른 노새가 말했다.

"그들이 날 보잘것없다고 여긴 게 다행이야. 왜냐하면 나는 아무것도 빼앗기지 않은데다가 몸도 무사하니까."

◎ 겸손하고 가난한 사람은 평온한 생활을 하지만, 부자는 끊임없는 위험 속에서 살아간다.

자기가 판 함정에 빠지다

염소와 나귀가 같은 주인 밑에서 살고 있었다. 염소는 늘 풍족한 먹이를 차지하고 있는 나귀에 대해 질투를 느꼈다.

"맷돌도 돌리고 짐도 나르고, 자네의 생활은 끊임없는 노동뿐이로군."

염소가 나귀에게 말했다.

"좋은 수가 있네. 발작을 일으켜 쓰러지는 척하면서 웅덩이로 굴러 떨어져 보게나. 그러면 편히 쉴 수 있을 테니까."

염소의 충고를 받아들인 나귀는 높은 데서 떨어져 심하게 상처를 입었다. 그러자 주인은 수의사를 불러다가 나귀를 치료해 달라고 했다. 의사는 처방하기를, 염소의 허파로 국을 끓여 먹이면 상처가 나을 것이라고 했다. 주인은 나귀의 상처를 치료하기 위해 염소를 끌어내어 죽였다.

◎ 때때로 누군가를 빠뜨리기 위해 파놓은 함정에 자신이 빠지는 경우도 있다.

지나치게 총명한 나귀

소금 자루를 싣고 강을 건너던 나귀가 그만 발을 헛디뎌 물에 빠졌다. 다시 걸을 수 있게 되었을 때, 나귀는 짐이 가벼워진 것을 깨닫고 매우 기뻐하였다. 다음에 다시 짐을 지고 강가에 이르자, 나귀는 물에 빠지면 지난번과 똑같은 일이 일어나리라 생각하고 일부러 물속으로 넘어졌다. 그러나 등에 솜을 싣고 있던 나귀는 물을 흠뻑 빨아들인 솜의 무게 때문에 일어나지 못하고 그대로 죽고 말았다.

◎ 이 우화 속의 나귀와 닮은 사람들이 있다. 자신의 교활함으로 인해 그들은 불시에 재앙에 빠지게 된다.

어리석은 자만심

나귀가 신의 흉상을 싣고 읍내를 향하여 걷고 있었다. 지나가던 사람들이 그 동상에게 절을 하자, 나귀는 자기에게 경의를 표하는 것이라고 생각하였다. 우쭐해진 나귀는 큰 소리로 울부짖으며 한 발짝도 움직이려 하지 않았다. 사태를 알아차린 마부는 채찍으로 나귀를 때리며 외쳤다.

"미련한 것! 이 동상이야말로 사람들이 나귀에게 절을 하는 마지막 짐인 것을 모르다니!"

◎ 정당하지 않은 명예를 자랑하면, 그 사실을 알고 있는 자들로부터 비웃음을 당하게 되는 법이다.

한 번에 하나씩

새끼 염소 한 마리가 자기 무리로부터 뒤처지는 바람에 이리에게 쫓기게 되었다. 새끼 염소가 이리에게로 돌아서서 말했다.

"네가 날 잡아먹으려 한다는 걸 잘 알고 있어. 그렇지만 나는 엄숙한 의식을 갖춘 가운데 죽고 싶어. 내가 춤출 수 있도록 피리를 좀 불어다오."

염소가 피리 소리에 맞추어 춤을 추고 있을 때, 그 소리를 들은 개들이 나타났다. 개들에게 쫓기게 된 이리는 뒤를 돌아보며 말했다.

"내가 할 일은 잡아먹는 것인데 주제넘게 피리 연주자 노릇을 하다니, 이렇게 쫓겨도 싸지!"

◎ 맡은 일에 대하여 충분히 생각하지 않고 행동하는 사람은 가지고 있던 것조차 잃고 마는 법이다.

심술궂은 일꾼

심술궂은 일꾼에게 양이 가혹하게 털을 깎이고 있었다. 양이 말했다.

"만일 당신이 원하는 것이 나의 털이라면, 너무 짧게 깎지 마세요. 그리고 당신이 노리고 있는 것이 나의 고기라면, 조금씩 괴롭히지 말고 단번에 죽여 주세요."

무의미한 떠벌림

사자와 나귀가 한패가 되어서 사냥을 하러 나갔다. 그들이 어떤 동굴에 이르렀을 때, 그 속에는 들염소 몇 마리가 들어앉아 있었다. 사자는 동굴 입구를 지키고 섰고, 나귀는 들염소를 놀라게 하기 위해 동굴 속으로 뛰어 들어가 울음소리를 내며 이리저리 쫓아다녔다. 사자는 밖으로 뛰어나오는 들염소들을 잡았다.

나중에 나귀가 말했다.

"내 솜씨가 어땠나? 멋지지 않았나?"

"멋지고말고."

사자가 대답했다.

"자네가 나귀라는 사실을 몰랐다면, 나 역시 자네에게 겁을 집어먹었을 거야."

◎ 자신의 정체를 알고 있는 사람 앞에서 자만하면 웃음거리가 된다.

유유상종

나귀를 사려고 마음먹은 어떤 사나이가 시험 삼아서 한 마리를 데려다가 먼저부터 있던 나귀들 옆에 놓아두었다.

새로 온 나귀는 그중에서 제일 게으르고 욕심 많은 나귀와 가까이 지내면서 다른 나귀들과는 어울리지 않았다. 그 나귀 곁에서 하는 일 없이 빈둥거릴 뿐이었다.

사나이는 나귀를 주인에게 도로 데리고 갔다. 그러자 나귀의 주인은 충분히 시험해 보았느냐고 물었다.

"더 이상 시험할 필요가 없습니다."

그는 대답했다.

"틀림없이 저 녀석은 자기가 친구로 고른 그 나귀와 똑같을 테니까요."

◎ 인간의 성격은 자기가 속한 집단의 성격에 의해서 판단된다.

옛 친구와 새 친구

염소들을 풀밭으로 몰고 나간 염소지기는 그 틈에 몇 마리의 들염소가 끼어든 것을 알았다. 저녁이 되자 염소지기는 염소들을 우리에다 몰아넣었다. 다음날은 비가 와서 염소들을 풀밭으로 데려갈 수 없었으므로, 동굴 안에서 그들을 돌보아야 했다. 염소지기는 자기가 키우는 염소들에게는 굶어 죽지 않을 정도로 사료를 주고 새로 온 들염소들 앞에는 사료를 듬뿍 쌓아 놓았다. 들염소들을 잘 길들여 가축 떼를 늘려 보자는 속셈이 있었기 때문이다.

날씨가 개자, 염소지기는 염소들을 풀밭으로 몰고 나갔다. 그러나 산에 발을 들여놓자마자 들염소들은 '걸음아 날 살려라.' 하고 달아났다. 특별한 호의를 베풀었음에도 불구하고 들염소들이 달아나자, 염소지기는 은혜도 모른다고 비난하였다.

그러자 들염소들이 뒤를 돌아보며 말했다.

"우리가 당신에게 온 건 불과 하루밖에 안 되었습니다. 그런데도 당신은 오랫동안 돌보던 당신의 염소들보다 우리에게 더 잘해 주었지요. 만약 나중에 다른 무리가 온다면, 우리 역시 같은 신세가 되겠지요."

◎ 사귄 지 얼마 안 되었는데 오랜 친구보다 더 잘해 주는 친구는 조심해야 한다. 새로운 친구가 나타나면, 우리 또한 박대를 당할 수도 있으니까.

선견지명

들나귀가 일광욕을 하고 있는 집나귀에게 다가갔다. 그는 집나귀의 편안한 환경과 맛 좋은 음식에 감탄하였다. 그러나 나중에 그는 마부가 등에 짐을 진 집나귀를 뒤따라가며 채찍으로 때리고 있는 광경을 보았다.

"이제 난 자네를 부러워하지 않겠네."

들나귀가 말했다.

"왜냐하면 풍족한 음식을 얻기 위해서는 값비싼 대가를 치러야 한다는 사실을 알게 되었기 때문이지."

◎ 위험과 고통의 대가를 치르고 얻을 수 있는 안락함은 부러워할 것이 못 된다.

사자 가죽을 쓴 나귀

나귀가 사자의 가죽을 쓰고 짐승들을 위협하면서 돌아다녔다. 여우와 마주친 그는 다른 동물들에게와 마찬가지로 여우를 위협했다. 그러나 우연히 나귀의 울음소리를 듣게 된 여우는 이렇게 말하였다.

"이런, 나귀의 울음소리를 듣지 않았더라면 나도 겁을 집어먹었겠는걸."

◎ 잘난 척하면서 자신의 우월성을 인정받으려는 이들은 떠벌리지 않을 수 없기 때문에 종종 정체가 탄로난다.

네 분수를 알라

한 사나이가 개와 나귀를 기르고 있었다. 개는 집 안에서 주인과 함께 지내며 귀여움을 독차지했다. 어쩌다 밖에서 외식이라도 하면, 주인은 남은 음식을 가지고 와서 꼬리를 치는 개에게 주었다.

질투가 난 나귀는 어느 날 주인 앞에서 앞발을 들고 재롱을 부렸다. 그 바람에 나귀의 발에 걷어차이게 된 주인은 몹시 화가 나서 하인에게 일렀다.

"그놈의 나귀, 흠씬 때려서 여물통에 묶어 버려라."

◎ 자연은 우리 모두에게 동일한 능력을 부여하지는 않는다. 그 중에는 우리가 할 수 없는 일도 있는 법이다.

일에는 제 나름의 특기가 있는 법

나귀가 초원에서 풀을 뜯어 먹고 있는데 이리가 달려들었다. 나귀는 일부러 다리를 절뚝거렸다. 가까이 다가온 이리는 어쩌다가 다리를 다쳤느냐고 물었다. 나귀는 울타리를 뛰어넘으려다가 가시를 밟았다고 말했다. 그리고 자기를 잡아먹기 전에 가시를 뽑아 내야 입을 다치지 않을 거라고 충고했다.

나귀의 꾀에 걸려든 이리는 나귀의 발을 쳐들었다. 이리가 열심히 발굽을 살펴보고 있는 사이, 나귀는 이리의 입을 걷어차 이빨을 다 부러뜨려 버렸다.

"다 내가 못난 탓이지."

비참한 꼴이 되어 버린 이리가 말했다.

"아버지는 나에게 잡아먹는 법만 가르쳐 주었는데, 주제넘게 치료를 하겠다고 나섰으니!"

◎ 자기와 관계없는 일에 끼어드는 사람은 말썽을 각오해야만 한다.

어느 주인이나 마찬가지

어떤 겁 많은 노인이 목장에서 당나귀에게 풀을 먹이고 있는데, 멀리 적군의 모습이 보였다.

"적에게 잡히기 전에 어서 도망치자!"

노인이 외쳤다. 그러자 당나귀는 서두르는 기색 없이 물었다.

"만일 제가 다른 사람에게 지배를 받게 된다면 더 무거운 짐을 운반해야 할 거라고 생각하십니까?"

노인이 대답했다.

"그렇지는 않을 테지."

당나귀가 말했다.

"그렇다면 제가 누구를 주인으로 모시든 무슨 상관이 있겠습니까?"

◎ 대부분의 가난한 사람들은 정부의 교체를 한 지도자를 또 다른 지도자로 바꾸는 것 이상으로 생각하지 않는다.

경계는 예방이다

폭풍우가 몰아치자, 농부는 일도 못하고 농장에 틀어박혀 있었다. 밖으로 나가 식량을 구할 수 없게 된 그는 우선 자기의 양들을 잡아먹기 시작하였다. 날씨가 좋아질 기미가 보이지 않자, 이번에는 염소들을 잡았다. 다음에는 쟁기 끄는 소들의 차례였다.

그동안 주인이 하는 일을 유심히 보아 온 개들이 말했다.

"여기서 몰래 빠져나가는 것이 좋겠어. 자기와 함께 일했던 소들까지 잡았는데, 우리라고 건드리지 않는다는 보장이 있어?"

◎ 친구를 서슴없이 학대하는 사람을 조심하라.

무위도식

어떤 남자에게 개 두 마리가 있었다. 그는 그중 한 마리에게는 사냥을 가르치고, 나머지 한 마리는 집을 지키도록 하였다. 사냥을 나가는 개는 몹시 불평이 심했다. 왜냐하면 자기가 사냥감을 구해 올 때마다 집을 지키던 개도 나름대로의 몫을 챙기기 때문이었다.

"이건 불공평해."

사냥개가 말했다.

"넌 아무 일도 하지 않고 내가 애써 얻은 소득을 잘도 먹고 사는구나."

"너무 나를 원망하지 마."

집 지키는 개가 말했다.

"그건 주인님 잘못이야. 주인님은 내게 일하는 법을 가르쳐 주지 않고 다른 이가 사냥한 것을 먹는 법만 가르쳐 주었으니까."

◎ 아이들도 이와 똑같다. 부모가 그들에게 부지런히 일하는 법을 가르치지 않으면, 나중에 게으른 것을 탓할 수 없게 된다.

주객이 전도되다

어떤 사람이 귀한 손님을 초대하여 식사를 대접하였다. 그의 개도 덩달아 자기와 친한 개에게 집에 와서 식사를 하라고 청했다. 초대받은 개는 준비되어 있는 저녁상을 바라보며 너무 좋아서 입이 벌어졌다.

'그야말로 진수성찬이로군!'

초대받은 개는 생각했다.

'오늘은 맛 좋은 음식을 실컷 먹게 되었구나.'

그는 자기가 친구의 친절에 얼마나 만족하고 있는지 보여 주기 위해 쉬지 않고 꼬리를 쳐 댔다. 그러자 요리사는 즉시 그의 다리를 잡아 문 밖으로 내던져 버렸다. 개는 울면서 집으로 돌아갔다. 도중에 만난 개들 중의 하나가 물었다.

"저녁 식사는 훌륭했니?"

"물론이지. 그런데 술을 너무 많이 마셨어."

그는 대답했다.

"취해서 집 밖으로 어떻게 나왔는지도 모를 정도야."

◎ 다른 사람들에게는 폐를 끼치면서 한 사람에게만 좋은 일을 하겠다고 나서는 사람을 신뢰한다는 것은 어리석은 일이다.

개와 달걀

달걀을 즐겨 먹는 개가 한 마리 있었다. 어느 날, 조개를 달걀로 잘못 생각한 개는 입을 크게 벌리고 그것을 한입에 삼켜 버렸다. 조개가 뱃속을 짓누르자, 개는 심한 아픔을 느꼈다.

"꼴 좋게 되었군."

개가 신음하며 말했다.

"동그란 것이면 무엇이든지 달걀이라고 생각하다니."

◎ 분별 없이 어떤 일에 덤벼드는 사람들은 전혀 예측할 수 없는 곤란에 처하게 된다.

도움이 된 경험

어떤 농가 앞에서 잠을 자던 개가 이리의 기습을 받았다. 아차 하는 순간에 잡아먹히게 된 개는 이리에게 지금 당장은 잡아먹지 말라고 애원하였다. 그러고는 다음과 같이 말했다.

"저는 지금은 야위고, 따라서 맛도 없습니다. 그러니 조금만 더 기다려 주십시오. 머잖아 주인님 딸의 결혼 잔치가 있는데, 그때 음식을 배불리 먹고 살이 찌면 당신에게 더 좋은 먹이가 될 것입니다."

그 말에 이리는 꼭 약속을 지키라면서 사라졌다.

얼마 후, 이리가 다시 왔다. 이리는 농가 지붕 위에서 잠들어 있는 개를 발견하고는 내려와서 약속을 지키라고 외쳤다. 그러나 개는 지붕에서 내려오기는커녕 이리를 비웃으며 말했다.

"설사 당신이 다시 땅 위에서 잠들어 있는 나를 발견한다고 하더라도 결혼 잔치까지 기다리지 마세요."

◎ 현명한 사람은 위험한 상황에서 벗어나면 똑같은 위험에 대해 경계를 한다.

물에 빠진 개

어떤 개가 입에 고깃덩이를 문 채 강을 건너고 있었다. 개는 물속에 비친 제 그림자를 보고는 자기보다 더 큰 고깃덩이를 가진 다른 개가 물속에 있는 것으로 생각하였다. 그래서 그는 물고 있던 고깃덩이를 놓고는 물속으로 텀벙 뛰어들었다.

결국 그는 아무것도 얻을 수 없었으며, 가지고 있던 것마저 물결에 휩쓸려 떠내려가고 말았다.

◎ 지금 자신이 가지고 있는 것보다 더 많은 것을 탐내는 사람들에게 경종을 울리는 이야기이다.

전세 역전

사냥개가 우연히 발견한 사자를 쫓기 시작하였다. 그러나 사자가 뒤돌아서서 으르렁거리자 그만 질겁을 하고는 도망쳤다. 그것을 보고 있던 여우가 말했다.

"넌 쓸모없는 녀석이구나. 사자를 쫓는 게 네 일인데, 그 울음소리에 놀라 도망쳐 버리니."

◎ 사람들 사이에도 이와 비슷한 일이 빈번하다. 자기보다 강한 사람들을 중상모략하다가도 막상 그들이 완강하게 짓누르면 금방 수그러들고 만다.

진정한 친구

소크라테스가 작은 집을 짓고 있었다. 그것을 보고 지나가던 사람이 말했다.

"당신 같은 사람이 이렇게 작은 집을 지으시다뇨? 왜 좀더 큰 집을 짓지 않으십니까?"

그러자 소크라테스는 말했다.

"이 집을 채울 만큼이라도 진실한 친구를 찾을 수 있었으면 좋겠네."

약삭빠른 개

한 대장장이에게 개가 한 마리 있었는데, 그 개는 주인이 일을 할 때 잠을 자고 주인이 식사를 할 땐 깨어서 그의 곁에 서 있었다.

"요 잠꾸러기 철면피야!"

주인이 뼈다귀 하나를 던져 주며 말하였다.

"내가 철침을 두드릴 땐 가서 자고, 먹으려고 하면 깨어나다니."

◎ 다른 사람들의 노고로 살아가는 게으른 자들은 웃음거리가 된다.

매수되지 않는 개

한밤중에 침입한 도둑이 개에게 빵 한 조각을 던져 주었다.

"이런!"

개가 말하였다.

"당신은 내가 주인을 보호하기 위해 짖는 것을 막으려고 입막음을 할 작정인가 본데, 나를 잘못 봤군요. 내가 그런 친절에 넘어가지 않고 정신을 바짝 차리고 있으면, 당신은 하찮은 물건 하나도 들고 달아날 수 없지요."

◎ 뜻밖의 친절은 바보를 즐겁게 해 줄는지 모른다. 그러나 지혜로운 사람이라면 그런 함정에 빠져들지 않을 것이다.

심술쟁이

말구유 속에 개 한 마리가 들어앉아 있었다. 그는 죽을 먹지도 않고, 당연히 죽을 먹을 권리가 있는 말이 가까이 오는 것도 허락하지 않았다.

커다란 차이점

개가 덤불에서 튀어나와 산토끼를 덮쳤다. 그러나 줄곧 사냥개로 훈련을 받아 왔음에도 불구하고 그만 산토끼를 놓치고 말았다.

그 광경을 보고 염소지기가 비웃었다.

"그렇게 작은 놈을 놓치다니!"

그러자 개가 대답하였다.

"무엇인가 잡으려고 달리는 것과 목숨을 건지려고 달리는 것과는 상당한 차이가 있지요."

꽥꽥 우는 이유

돼지 한 마리가 양 떼 틈에 끼어서 함께 풀을 뜯어 먹고 있었다. 어느 날 양치기가 그를 움켜잡자, 돼지는 꽥꽥거리며 바둥거리기 시작하였다. 양들이 큰 소리로 돼지를 비난하였다.

"양치기가 자주 우리를 잡아도 우린 너처럼 떠들어 대지 않아."

그러자 돼지가 말했다.

"그건 그래. 그렇지만 너희들과 나는 경우가 달라. 너희들을 잡는 건 단지 우유나 털을 원하기 때문이지만, 지금 양치기가 노리고 있는 것은 바로 내 고기란 말이야."

◎ 위험이란 생명에 관한 것이지 재산에 관한 것이 아님을 깨닫게 해 준다.

날림공사

암돼지와 암캐가 누가 더 많은 새끼를 쉽게 낳는지에 대해 논쟁을 하고 있었다. 암캐는 자기가 다른 어떤 네발짐승보다도 더 빨리 새끼를 낳는다고 주장하였다.

"그것 참 훌륭하군요."

암돼지가 말했다.

"태어난 당신의 새끼들이 장님이라는 것을 내가 지적할 수 있도록만 해 준다면 말이에요."

◎ 일의 능력은 그 속도에 의해서가 아니라 얼마나 완벽하게 처리했는가에 따라 평가된다.

약한 자라고 깔보지 말라

독수리에게 쫓기던 토끼가 거의 잡힐 지경에 이르렀다. 마침 풍뎅이가 보이자, 토끼는 그에게 도와 달라고 간청하였다. 풍뎅이는 용기를 내라고 말한 뒤, 가까이 온 독수리에게 토끼를 살려 달라고 부탁했다. 그러나 독수리는 보잘것없는 풍뎅이의 모습을 보고는 보란 듯이 토끼를 삼켜 버리고 말았다.

이로 인해 원한을 갖게 된 풍뎅이는 독수리가 둥지를 트는 곳마다 쫓아가 괴롭혔다. 즉 독수리가 알을 낳으면 풍뎅이는 둥지로 날아 올라가 알을 밖으로 끌어내어 깨뜨려 버렸다.

궁지에 몰린 독수리는 마침내 제우스 신에게로 피신하여, 어린 새끼들을 품을 만한 장소를 달라고 애걸하였다. 제우스 신은 자신의 무릎에서 알을 낳도록 허락해 주었다. 그러나 풍뎅이는 똥을 둥글게 빚어 가지고 제우스 신의 머리 위로 높이 날아 올라가 그의 무릎에다 그것을 떨어뜨렸다. 제우스 신이 풍뎅이 똥을 떨쳐 버리려고 벌떡 일어서는 바람에 독수리 알들은 다 떨어져 깨지고 말았다.

그때 이후로 독수리들은 풍뎅이가 돌아다니는 계절에는 절대로 둥지를 틀지 않게 되었다.

◎ 이 우화는 누군가를 업신여기는 데 대한 경고이다. 아무리 연약한 사람이라도 심한 멸시를 당하게 되면 언젠가는 앙갚음을 한다는 사실을 잊지 말아야 한다.

말보다 먼저 행동을

엄마 게가 아들 게에게 옆으로 걷거나 젖은 바위에 옆구리를 비벼 대지 말라고 하였다.

"좋아요, 엄마."

아들 게가 대답하였다.

"그런데 제게 잔소리하시기 전에 엄마가 한번 똑바로 걸어 보세요. 그럼 저도 그대로 따라 할게요."

◎ 다른 사람을 가르치려고 하기 전에 먼저 자신이 바르게 행동하고 바르게 살아야 하는 것이다.

타산지석

매미 한 마리가 커다란 나무 위에 앉아 맴맴거리고 있었다. 매미를 잡아먹고 싶었던 여우가 한 가지 꾀를 생각해 냈다.

"너의 그 목소리에 정말 감탄했어."

여우가 매미를 올려다보며 말했다.

"이리 한번 내려와 보지 않겠니? 그렇게 우렁찬 목소리를 가진 네가 얼마나 몸집이 큰지 보고 싶어."

그러나 매미는 아래로 내려가는 대신 나뭇잎 하나를 떼어 그것을 떨어뜨렸다. 그 나뭇잎을 매미로 생각한 여우가 후닥닥 달려들었다.

매미가 말했다.

"내가 내려갈 것으로 생각하였다니, 자넨 어리석군. 언젠가 여우의 배설물 속에서 매미 날개를 본 이후로, 나는 절대로 여우의 말은 믿지 않게 되었지!"

◎ 분별 있는 사람은 다른 사람의 재난으로부터 지혜를 배운다.

모기와 사자

모기가 사자의 등에 올라타고 말했다.

"난 자네가 무섭지 않아. 자네가 나보다 잘하는 게 하나도 없거든. 만일 자네가 나보다 잘하는 것이 있으면 말해 봐. 보나마나 발톱으로 할퀴거나 이빨로 물어뜯는 일이겠지? 남편과 다투는 여자도 그 정도는 할 수 있다고. 나는 자네보다 훨씬 강해. 어디 자네가 나보다 강하다면 한번 덤벼 보시지."

그리고 모기는 용감하게 사자의 얼굴 중에서 털이 없는 콧구멍 둘레를 쏘아 댔다. 사자는 앞발을 휘둘러 모기를 쫓으려고 했으나, 제 얼굴에 상처만 내고 결국 싸움을 포기하였다.

우쭐해진 모기는 승리감에 도취되어 콧노래를 부르며 쏜살같이 날았다. 그러다 그만 거미줄에 걸리고 말았다. 결국 거미에게 잡아먹히게 된 모기는 가장 힘센 동물과 용감하게 싸워 이긴 자신을 거미 같은 하찮은 동물에게 죽게 내버려두는 운명의 장난을 통탄해 마지않았다.

인과응보

꿀벌들은 인간들에게 꿀을 주기 싫어하였는데, 그 이유는 꿀이야말로 자기들의 재산이라고 여겼기 때문이다. 그리하여 그들은 제우스 신에게 가서 벌집에 접근하는 사람은 누구든지 쏘아서 죽일 만한 힘을 달라고 간청하였다. 제우스 신은 꿀벌들의 못된 성미에 크게 노한 나머지, 만일 꿀벌이 사람을 쏘면 침은 물론 그 생명까지도 잃도록 만들어 버렸다.

◎ 자신이 상처를 입으면서까지 악의에 탐닉하는 자들에 대한 교훈이다.

왜 개미는 도둑인가

태초에 개미는 인간이었다. 그는 자신의 노동의 대가에 만족하지 않고 이웃의 농산물에 부러운 눈초리를 던지며 몰래 훔쳐 내는 농부였다. 제우스 신은 그 탐욕에 분개하여, 그를 우리가 소위 개미라고 부르는 벌레로 바꾸어 버렸다. 그러나 모습은 변했어도 그 성격은 바뀌지 않았다. 그래서 개미들은 오늘날까지도 다른 사람들이 농사지은 밀이나 보리를 훔쳐 자기 집에 저장하곤 한다.

◎ 이 우화는 아무리 혹독한 처벌도 악인의 본성을 바꾸지는 못한다는 것을 보여 준다.

게으른 자여, 개미를 본받으라

개미가 들판을 바삐 돌아다니며 여러 가지 곡식을 모으는 일로 여름을 보냈다. 풍뎅이는 다른 동물들이 시원한 나무 그늘에서 휴식을 즐기고 있는 동안에도 열심히 일하고 있는 개미의 우직스러움을 비웃었다. 그러나 개미는 아랑곳하지 않고 묵묵히 일했다.

시간이 흘러 겨울이 왔다. 배가 고파 죽게 된 풍뎅이는 먹을 것을 좀 나누어 달라고 개미에게 애걸하였다.

"열심히 일하고 있는 나를 비웃는 대신 자네도 일을 했어야지."

개미가 말했다.

"그랬더라면 지금쯤 먹을 것이 부족하진 않았을 텐데."

◎ 이 우화는 비참한 궁핍을 당하지 않으려면 풍성한 계절에 미래를 준비해야 한다는 것을 가르쳐 준다.

개미의 보은

개울에 물을 마시러 왔던 개미가 물결에 휩쓸리게 되었다. 개미가 빠져 죽게 된 것을 본 비둘기가 잔가지 하나를 꺾어 물에 던졌다. 개미는 그 잔가지에 기어 올라가 목숨을 건졌다.

그런데 얼마 후, 새 사냥꾼이 비둘기를 잡기 위해 끈끈이 막대기를 들고 나타났다. 그것을 본 개미가 사냥꾼의 발목을 꽉 깨물자, 사냥꾼은 "아얏!" 하며 끈끈이 막대기를 떨어뜨렸다. 그 소리에 깜짝 놀란 비둘기는 멀리 달아났다.

위험을 생각하라

전나무와 가시덤불이 서로 자기가 잘났다고 논쟁을 하고 있었다.

"난 아름답고 키도 크지."

전나무가 가시덤불에게 말했다.

"게다가 사원 지붕이나 배를 만드는 데도 쓸모가 있거든. 어떻게 나와 자네를 비교할 수가 있겠나?"

"그렇지만 자네를 베어 넘어뜨리는 도끼나 톱을 생각해 보게."

가시덤불이 말했다.

"그땐 자네도 가시덤불이 되고 싶을 걸세."

◎ 어떤 사람이든 자만해서는 안 된다. 평범한 사람들이야말로 가장 안전하게 사는 이들이기 때문이다.

자신의 분수를 알라

갈대와 올리브 나무가 자신들의 힘과 참을성에 대하여 논쟁을 하고 있었다. 올리브 나무는 갈대가 너무 허약하고 바람이 불 때마다 쉽게 고개를 숙인다며 비웃었다. 그러나 갈대는 아무 말도 하지 않았다.

얼마 지나지 않아 거센 바람이 불어왔다. 갈대는 이리저리 흔들리고 허리를 구부리면서도 어려움 없이 폭풍을 극복해 냈다. 그러나 바람과 맞서고 있던 올리브 나무는 그만 부러지고 말았다.

◎ 자신의 분수를 깨닫고 보다 우세한 세력에 굽혀야 할 상황일 때는 그것을 받아들여야 한다. 쓸데없이 저항하여 상처를 입는 것보다는 낫기 때문이다.

거인들이 미련한 이유

제우스 신이 인간을 만들고 난 뒤, 헤르메스 신에게 지성을 불어넣으라고 하였다. 헤르메스 신은 지성을 측정하는 그릇을 만들어 모든 인간에게 동일한 양의 지성을 불어넣었다. 그것은 몸집이 작은 사람을 채우기엔 충분하여서 그들은 지혜로워졌으나, 몸집이 큰 사람들에게는 그 양이 너무 적어 골고루 스며들게 할 수가 없었다. 그리하여 거인들은 약간 미련해지고 만 것이다.

희망

제우스 신이 인생에 행복을 가져다주는 것들을 한데 모은 다음, 그것을 단단히 봉하여 어떤 사람에게 맡겨 두었다. 안에 무엇이 들어 있는지 알고 싶어 못 견디게 된 그는 뚜껑을 열어 보았다. 그러자 곧 안에 들어 있던 것들이 공중으로 튀어올라 간데없이 사라지고 말았다. 그런데 그가 놀라서 재빨리 뚜껑을 닫는 바람에 '희망' 만은 그대로 남아 있었다.

◎ 인간은 온갖 고통과 절망 속에서도 그들이 잃어버린 행복을 되찾을 수 있다는 희망을 결코 버리지 않는다.

실제적인 공급자

인간의 배와 발이 자기들의 힘에 대해서 서로 말다툼을 하고 있었다. 발은 자기들이 배보다 더 강하다고 말했다.

“왜냐하면 우리가 없으면 자넨 움직이지 못하거든.”

“그야 그렇지.”

배가 대꾸하였다.

“그렇지만 만일 내가 자네들에게 영양분을 공급해 주지 않는다면, 그래도 날 움직이게 할 수 있을 것 같은가?”

신앙심 없는 상인

옛날에 한 상인이 헤르메스 신의 모습을 나무로 깎아서, 그것을 팔기 위해 시장에 내놓았다. 아무도 사려고 하지 않자, 그는 인간에게 축복을 주고 부자로 만들어 주는 신을 사라고 소리쳤다.

"오, 그래요?"

한 구경꾼이 말했다.

"만일 당신이 말한 대로라면, 어째서 그를 팔려고 하는 거요? 당신이 모시고 있다가 그 신의 도움으로 이득을 보는 것이 보다 현명한 일이 아니겠소?"

상인이 대답하였다.

"그렇지만 제가 원하는 것은 돈을 손쉽게 얻는 일이지요. 신은 주머니를 채워 주는 데 너무 시간을 끄니까요."

◎ 이런 사람은 탐욕으로 눈이 어두워져 체면 따위는 아랑곳없으며, 또한 신에 대해서는 생각해 본 적도 없는 사람이다.

심판자는 누구인가

많은 선원들을 태운 배가 침몰하자, 어떤 사람이 신에게 항의했다.

"그 배의 선원 중 신앙심 없는 사람은 한 명뿐이었는데, 다른 신앙 좋은 사람들까지 죽인다는 건 불공평하지 않습니까?"

그가 말을 끝내자마자, 우연히 그 자리에 있던 개미 떼 중 한 마리가 그를 꽉 깨물었다. 그러자 그는 그 개미들을 전부 짓밟아 버렸다. 이때 헤르메스 신이 나타나 그를 지팡이로 내리치면서 말했다.

"네가 개미들을 심판하는 것처럼 신들도 인간을 그렇게 심판한다고 생각하지 않느냐?"

◎ 재난이 닥쳤을 때 인간은 신에 대해 불평하기 전에 자신의 잘못을 반성해 보아야 한다.

위대한 작품, 인간

전해 내려오는 바에 의하면, 동물은 인간보다 먼저 만들어졌다. 제우스 신은 동물들에게 다양한 능력, 즉 힘센 발, 민첩한 날개 등을 부여하였다. 제우스 앞에서 벌거벗은 채로 서 있던 인간이 왜 자기에게는 그와 같은 재능을 주지 않았느냐고 불평하였다.

"자신이 무엇을 받았는지 알아차리지 못하다니."

제우스 신이 말했다.

"너는 가장 위대한 선물을 받았다. 그것은 바로 이성(理性)이다."

비로소 인간은 자신에게 주어진 것이 무엇인가를 깨닫고 신에 대한 숭배와 감사를 마음속에 지니고 물러났다.

◎ 신으로부터 이성이란 은총의 선물을 받았음에도 불구하고, 어떤 사람들은 그런 특권을 깨닫지 못한 채 인식 능력과 이성적인 사고가 모자라는 피조물을 오히려 부러워한다.

헤르메스의 값

헤르메스 신은 인간들이 자기를 얼마나 존경하는지 알아보고 싶었다. 그래서 인간의 모습으로 변장하고 한 조각가의 일터로 향하였다. 그는 제우스 신의 동상을 가리키며 값이 얼마냐고 물어보았다.

"1드라마크입니다."

조각가가 대답했다.

헤르메스 신은 다시 여신 헤라의 동상을 가리키며 얼마냐고 물었다. 그러자 조각가는 그건 제우스 신의 동상보다 좀 비싸다고 대답하였다. 헤르메스 신은 자신은 제우스의 사자(使者)이자 부(富)의 신이므로, 사람들로부터 높은 존경을 받아야 한다고 믿고 이렇게 물었다.

"그렇다면 헤르메스 신의 동상은 얼마나 하오?"

"아, 그거요?"

조각가가 대답했다.

"다른 동상 두 개를 사시면, 그 동상을 덤으로 드리지요."

◎ 다른 사람들로부터 무시당하고 있는 것도 모른 채 자만에 찬 사람을 조롱하는 이야기이다.

재앙의 짐마차

옛날에 헤르메스 신이 거짓말과 사악함 그리고 속임수로 채워진 짐마차를 세계 곳곳으로 끌고 다니며, 각 나라마다 조금씩 그 짐을 분배해 주었다.

그런데 아라비아인의 나라에 도착하였을 때 짐마차가 갑자기 산산조각이 났다. 그러자 사람들이 몰려와서 다른 나라로 가져갈 것도 남기지 않고 마차 안에 든 것들을 모조리 훔쳐 갔다.

시들지 않는 전설의 꽃

애머랜드 꽃이 장미 옆에서 자라났다.

"어쩌면 이토록 향기롭고 아름다울 수가 있을까."

그가 장미에게 말했다.

"너의 그 아름다움과 향기를 축하해."

그러자 장미가 대답했다.

"하지만 나의 수명은 짧단다. 아무도 날 꺾지 않는다고 해도 이내 시들어 죽고 말거든. 그런데 넌 언제나 지금처럼 싱싱하게 남아서 끊임없이 꽃을 피우잖니."

◎ 잠시 호사를 누리다가 그것이 불행 혹은 죽음으로 바뀌는 것보다는 평범한 삶이라도 만족하며 사는 것이 차라리 낫다.

정직은 최상책

강가에서 나무를 베고 있던 나무꾼이 그만 도끼를 물에 빠뜨리고 말았다. 어찌할 방도가 없게 되자, 그는 강둑에 주저앉아 흐느끼기 시작하였다. 그러자 헤르메스 신이 나타나 어찌 된 일이냐고 물었다. 나무꾼의 사정을 측은하게 여긴 헤르메스 신은 강물 속으로 들어가 금도끼 하나를 꺼내 가지고 왔다.

"그대가 잃어버린 도끼가 이것인가?"

헤르메스 신이 물었다. 나무꾼이 아니라고 말하자, 헤르메스 신은 다시 강으로 풍덩 뛰어들어 이번에는 은도끼를 꺼내 왔다. 나무꾼은 그것도 역시 자기 것이 아니라고 하였다. 세 번째로 헤르메스 신은 나무꾼의 도끼를 가지고 올라왔다.

"그게 바로 제 도끼입니다."

나무꾼이 말했다.

헤르메스 신은 나무꾼의 정직함에 감탄하여, 나머지 두 개의 도끼마저 그에게 선물로 주었다.

나무꾼에게서 그 일을 전해 들은 동료 나무꾼 하나가 똑같은 횡재를 꿈꾸며 강가로 갔다. 그는 도끼를 일부러 물에 빠뜨린 다음 주저앉아 훌쩍거렸다. 헤르메스 신이 다시 나타났다. 그리고 그가 우는 까닭을 듣기가 무섭게 강 속으로 뛰어들더니, 전처럼 금도끼를 내보이며 잃어버린 도끼가 이것이냐고 물었다.

"예, 바로 그것이옵니다!"

그는 기뻐서 외쳤다.

헤르메스 신은 그 뻔뻔스러움에 화를 내며, 금도끼는 물론이고 잃어버린 도끼조차도 돌려주지 않았다.

◎ 하늘은 정직한 사람을 돕는 것과 마찬가지로 사악한 자에게는 벌을 준다는 것을 나타내는 우화이다.

무엇이 더 강한가

바람과 해가 누가 더 강한지 말다툼을 하고 있었다. 그러다가 누구든지 여행자의 옷을 벗길 수만 있다면 승자로 인정해 주기로 합의를 보았다.

먼저 바람이 나섰다. 그러나 바람이 불자 여행자는 옷깃을 더욱 단단히 여몄다. 바람이 점점 더 심해지자, 여행자는 배낭 속에 넣어 두었던 외투까지 꺼내어 걸치는 것이었다. 마침내 지쳐 버린 바람은 해에게 차례를 넘겨주었다.

해가 따뜻한 기운을 보내자, 여행자는 그 온기에 여몄던 옷깃을 풀어헤쳤다. 햇볕이 점점 뜨거워지자, 더위를 참을 수 없었던 여행자는 옷을 모두 벗어던지고 근처 강으로 목욕을 하러 갔다.

◎ 이 이야기는 때로 설득력이 무력보다 더 효과적이라는 것을 가르쳐 준다.

왜 짐승 같은 인간들도 있는가

프로메테우스는 제우스 신의 명령에 따라 인간과 동물을 만들었다. 그런데 동물의 숫자가 너무 많았으므로, 제우스 신은 그들 중 일부를 인간으로 개조하라고 명령하였다. 프로메테우스는 명령대로 이행하였다. 그래서 비록 인간의 형상을 하고 있다 하더라도 여전히 동물의 근성을 버리지 못하는 자들이 있는 것이다.

거짓으로 가득 찬 도시

사막을 여행하고 있던 어떤 나그네가 고개를 수그린 채 홀로 서 있는 한 여인을 발견하였다.

"당신은 누구요?"

나그네가 물었다.

"저는 '진실' 이라고 합니다."

여인이 대답했다.

"그런데 왜 도시를 떠나 이런 사막에 있는 거요?"

"시대가 바뀌었기 때문입니다."

여인이 말했다.

"지난날엔 거짓말하는 사람이 드물었지요. 그러나 지금은 거짓말쟁이가 아닌 사람을 찾기가 힘듭니다."

◎ 거짓이 진실보다 존중될 때 인간의 생활은 삭막하고 비참해진다.

중상모략하지 말라

강도가 길거리에서 한 사나이를 살해하였다. 길 가던 사람들에게 쫓기게 된 강도는 피 흘리는 희생자를 내버려두고 달아났다. 반대편 길목에서 나타난 사람들이 그에게 손에 얼룩진 것이 무엇이냐고 물었다.

"지금 막 오디 나무에서 기어 내려왔더니 그 물이 든 모양이오."

강도가 대답했다.

그사이에 사람들이 쫓아와 살인자를 붙잡았다. 그들은 강도의 몸을 막대기에 꿰어 오디 나무에 매달았다.

"난 자네의 처형을 돕게 된 것을 기쁘게 생각하네."

나무가 강도에게 말했다.

"자넨 살인을 했으면서도 나를 이용하여 그 살인죄를 지워 버리려고 했거든."

◎ 만약 상대방의 인격을 훼손한다면, 아무리 선량한 사람일지라도 잠자코 참지 않는다는 것을 일깨워 주는 이야기이다.

무지한 예언자

점쟁이가 장터에 앉아 점을 치고 있었다. 그는 용하다는 소문이 나서 제법 돈을 잘 벌었다. 그런데 누가 와서 점쟁이네 집에 도둑이 들어 재산을 몽땅 털어 갔다고 일러 주었다. 점쟁이는 깜짝 놀라 허겁지겁 집으로 달려갔다.

그것을 보고 한 구경꾼이 말했다.

"다른 사람들에게는 장차 닥칠 일들을 예언하면서, 정작 자신의 불행은 내다보지 못하는 모양이군."

◎ 자기 일도 제대로 처리하지 못하면서 자기와 관련도 없는 문제에 대해 이러쿵저러쿵 나서는 사람들을 꼬집는 이야기이다.

하늘은 스스로 돕는 자를 돕는다

어떤 부유한 아테네 사람이 여객선을 타고 항해를 하고 있었다. 그런데 갑자기 거센 폭풍우가 불어 배가 그만 뒤집히고 말았다. 승객들은 모두 저마다 해안으로 헤엄쳐 가려고 버둥거렸으나, 아테네 사람은 아테네 여신에게 기도만 하고 있었다.

"만일 살려만 주시면 제게 있는 재물을 듬뿍 바치겠습니다."

난파된 배의 승객 중 한 사람이 헤엄쳐 지나가며 그에게 소리쳤다.

"아테네 여신에게만 만사를 떠맡기지 말고 당신의 팔도 한번 써 보구려."

◎ 어떤 일이 생겼을 때, 신의 도움만 바랄 것이 아니라 자신의 힘으로 헤쳐 나가야 하는 것이다.

귀중한 발견물

어떤 농부가 죽게 되자 아들들을 모아 놓고 말했다.

"내가 죽거든 포도밭을 파 보아라. 너희들에게 물려줄 것을 거기에 묻어 두었다."

아들들은 틀림없이 포도밭에 보물이 묻혀 있을 것이라고 생각하였다. 그래서 아버지가 돌아가시자 포도밭을 샅샅이 파헤쳤다.

그러나 보물은 발견되지 않았다. 그 대신 포도밭은 잘 일구어져 그해 포도 농사에서 유례없는 대풍작을 거두게 되었다.

◎ 노동에 의한 수확이 최고의 보물이라는 것을 우리에게 가르쳐 준다.

뭉쳐야 산다

형제간에 사이가 좋지 않은 것을 염려한 한 농부가 그들의 행실을 고치려고 설득을 해 보았으나, 어떤 말도 그들에겐 효과가 없었다. 그리하여 그는 교훈이 될 만한 좋은 실례를 아들들에게 보여 주기로 마음먹었다.

그는 나무 한 다발을 준비한 다음, 아들들에게 그 나무 다발을 꺾어 보라고 하였다. 아무리 애써도 그들은 나무 다발을 부러뜨릴 수가 없었다.

그러자 농부는 나무 다발을 풀어서 하나씩 꺾어 보라고 했다. 물론 그들은 나무를 쉽게 꺾었다.

"그것은 너희들에게 있어서도 마찬가지란다, 얘들아."

농부가 말했다.

"너희가 하나로 뭉쳐 있으면 어떤 어려움이 닥쳐도 이겨 낼 수 있지만, 서로 다투게 되면 이 나무처럼 쉽게 실패하고 말 것이다."

◎ 분열되어 있는 사람들은 공격당하기가 쉽다. 그들을 강하게 만드는 것은 바로 협동이다.

되로 주고 말로 받기

여우 때문에 농작물에 피해를 입은 농부는 잔뜩 화가 났다. 마침내 여우를 붙잡은 농부는 단단히 혼내 주어야겠다고 생각하였다. 그는 기름에 적신 밧줄을 여우의 꼬리에다 묶어 불을 붙였다. 그런데 이를 본 어떤 신이 펄쩍펄쩍 뛰기 시작하는 여우를 농부의 밀밭으로 뛰어들게 하였다. 결국 농부는 애써 키운 밀이 타 버리는 것을 한탄하며 여우를 뒤쫓아가지 않을 수 없었다.

◎ 이 이야기는 인간성에 대한 교훈이다. 물불을 가리지 않는 분노는 치명적인 피해를 초래하는 수가 있다.

투쟁과 말다툼

오솔길을 걷고 있던 헤라클레스가 발밑에 사과처럼 보이는 것을 발견하였다. 그는 그것을 힘껏 밟았다. 그러자 그 물체는 갑자기 갑절이나 커지고 말았다. 이 때문에 더욱 난폭해진 그는 그것을 곤봉으로 내리쳤다. 그 물체는 더욱 팽창하여 결국 오솔길을 막아 버렸다. 헤라클레스는 놀라서 곤봉을 팽개쳐 버리고 그 자리에 꼼짝 않고 서 있었다. 그때 아테네 여신이 그 앞에 모습을 드러냈다.

"그만하면 됐다."

여신이 말했다.

"이 물체는 투쟁과 말다툼의 요정이지. 그냥 놓아두면 처음 그대로 있지만, 건드리면 이렇게 감당 못할 정도로 커지는 거야."

◎ 투쟁과 말다툼은 막대한 손해를 초래한다는 것을 깨달아야 한다.

남의 눈에 티끌과 내 눈의 대들보

옛날에 프로메테우스가 인간을 만들었을 때의 일이다. 그는 인간의 목에 두 개의 자루를 매달았는데, 앞쪽에 있는 자루에는 다른 사람의 결점을, 뒤쪽의 자루에는 그들 자신의 결점을 담아 놓았다. 이리하여 인간은 남의 결점은 쉽게 볼 수 있지만 자신의 결점은 알아차릴 수 없게 되었다.

어려울 때의 친구가 참된 친구

두 친구가 여행을 하고 있을 때, 갑자기 곰이 나타났다. 한 친구는 요행히도 재빨리 나무 위에 올라가 몸을 숨길 수 있었다. 곤경에 빠진 다른 한 친구는 땅바닥에 벌렁 누워 죽은 척하였다. 곰이 코를 갖다 대고 냄새를 맡고 있는 동안, 그는 숨을 쉬지 않고 있었다. 왜냐하면 곰은 죽은 고기는 먹지 않기 때문이다.

곰이 사라지고 나자, 나무 위에 있던 친구가 내려와서 물었다.

"곰이 귀에다 대고 무슨 말을 하던가?"

죽은 척하고 있던 친구가 말했다.

"위험에 처해 있을 때 도와 주지 않는 친구하고는 앞으로 함께 여행을 하지 말라고 하더군."

◎ 진정한 친구는 역경에 처해 있을 때 밝혀지는 법이다.

똑같이 나누어 가져라

두 사람이 함께 여행을 하고 있을 때, 그중 한 사람이 길에 떨어져 있는 도끼 한 자루를 발견하였다.

"우린 뜻밖의 횡재를 했군."

옆에 있던 사람이 말했다.

그러자 도끼를 주운 사람이 말했다.

"'우리'라고 말하지 말게. '자네는 행운을 얻었군.' 하고 말하게나."

얼마 후, 도끼를 잃어버린 사람이 그들을 뒤따라왔나. 그러자 도끼를 주운 사람이 말했다.

"우린 망했네."

"'우리'라고 말하지 말게. '난 망했어.' 라고 말하게. 그 도끼를 주웠을 땐 자네 혼자 가지려고 하지 않았나."

◎ 우리가 얻은 행운을 친구들과 나누어 갖지 않으면, 우리가 곤경에 처했을 때 그들도 신의를 지키지 않을 것이다.

황금 거위

신앙심이 깊은 한 참배자에게 헤르메스 신이 황금알을 낳는 거위 한 마리를 선물로 주었다. 그러나 그 사람은 마음이 급해서 거위가 알을 낳는 것을 기다리고 있을 수가 없었다.

거위의 뱃속은 틀림없이 순금으로 되어 있을 것이라고 생각한 그는 서둘러 거위의 배를 갈랐다. 그와 함께 그의 희망은 사라져 버렸다. 그는 거위의 뱃속에서 평범한 고깃살과 핏덩이 외에는 아무것도 발견하지 못하였던 것이다.

◎ 더 큰 것을 탐내는 욕심 때문에 사람들은 때로 이미 가지고 있던 것까지 잃고 만다.

그대의 보물이 있는 곳에 그대의 마음도 있다

구두쇠가 자신의 재산을 몽땅 팔아 황금 덩어리로 만들었다. 그는 그것을 아무도 모르게 숨겨 놓고는 날마다 그곳으로 가서 확인하며 흡족해하였다. 그의 마음은 온통 그 황금 덩어리에만 쏠려 있었다. 어떤 사나이가 그 비밀을 알아차리고는 황금을 훔쳐 달아나 버렸다. 황금 덩어리를 잃어버린 구두쇠는 머리를 쥐어뜯으며 울부짖었다.

지나가던 사람이 그가 슬퍼하는 이유를 듣고 다음과 같이 말했다.

"그렇게 슬퍼하지 마십시오. 쓸모없기는 황금이나 돌덩이나 마찬가지일 텐데, 돌덩이를 땅속에 묻어 놓고 그 자리에 황금이 묻혀 있다고 생각하면 될 것 아닙니까."

◎ 즐거움을 주지 않는 재산은 아무 소용이 없다.

백문이불여일견

한 운동 선수가 동료들로부터 약질(弱質)이라는 평을 듣고 있었다. 그래서 그는 당분간 해외로 나가 있기로 했다. 얼마 후, 귀국한 그는 여러 방면에서 자신이 성취한 무수한 공적, 특히 로즈 섬에서 있었던 점프에 대해서 자랑을 하였다. 그 점프 실력은 국제 올림픽 경기의 승리자도 따라올 수 없을 정도라는 것이었다.

"목격자의 증언으로 그것을 증명할 수 있네."

그가 말했다.

"그 자리에 참석하였던 사람이 이곳에 있었으면 좋았을걸."

이 말에 구경꾼 중의 한 사람이 말했다.

"여보게, 자네 말이 사실이라면 증인이 필요 없네. 자네가 서 있는 장소는 로즈 섬 못지않게 훌륭하네. 어서 점프 실력을 좀 보여 주게나."

◎ 간단히 시험할 수 있는 일에 대해서 지껄인다는 것은 말의 낭비일 뿐이다.

대머리가 된 내력

머리가 희끗희끗해져 가는 한 신사에게 애인이 둘 있었다. 한 여인은 젊고, 다른 한 여인은 나이가 많았다. 늙은 여인은 자기보다 젊은 사람과 사랑한다는 것을 부끄럽게 여겼으므로, 그 신사의 머리에서 검은 머리카락을 뽑아 냈다. 그러나 늙은 사람을 애인으로 삼고 싶지 않았던 젊은 여인은 흰 머리카락만 뽑았다. 그리하여 그는 두 여인들에 의해 완전히 대머리가 되고 말았다.

◎ 사이가 좋지 않은 짝은 결코 좋은 결과를 낳지 못한다.

장님의 감각

옛날에 한 장님이 살아 있는 물체를 잡기만 해도 그것이 무엇인지 알ㅏ맞힐 수 있었다. 한번은 어떤 사람이 이리 새끼를 그에게 데리고 왔는데, 그는 그것을 이리저리 더듬어 본 뒤 다음과 같이 말했다.

"이게 늑대 새끼인지 여우 새끼인지, 아니면 그와 비슷한 어떤 다른 동물인지 나는 잘 모르겠소. 그렇지만 이것이 양 떼에게 적당한 친구가 못 된다는 사실만은 알겠소."

◎ 이와 마찬가지로 한 인간의 본성은 종종 육체적인 특징을 가지고도 알아차릴 수 있다.

혹 떼려다 혹 붙이기

어느 부지런한 과부가 늘 꼭두새벽에 하인들을 깨웠다. 어느 날, 지친 하녀들은 새벽이 되기도 전에 여주인을 깨운 수탉이야말로 자기네들의 고생에 책임을 져야 한다고 생각하며 그 수탉을 죽여 버렸다. 그러나 수탉이 없어져 시간을 알 수 없게 된 과부는 전보다 더 일찍 하녀들을 깨워서 일을 시켰다.

◎ 대다수 사람들의 고생거리는 그들 스스로 만들어 낸 것이다.

허풍

한 사냥꾼이 나무꾼에게 혹시 사자들의 발자국을 보았느냐고 물었다. 나무꾼은 사자가 있는 곳을 직접 가르쳐 주겠다고 말했다. 이 말을 들은 사냥꾼의 얼굴은 두려움으로 창백해졌다.

사냥꾼이 말했다.

"나는 사자를 찾고 있는 것이 아니라 사자의 발자국을 찾고 있을 뿐이라오."

◎ 말과 행동이 일치하지 않는 허풍쟁이를 꼬집는 것이다.

일이 우선이다

연설가 디마데스가 아테네 사람들에게 연설을 하고 있었다. 그런데 군중들이 자기의 연설에 별다른 관심을 보이지 않자, 그는 사람들에게 이솝 이야기를 하나 해도 좋겠느냐고 물어보았다. 그들의 동의를 얻어 그는 이야기를 시작하였다.

"디메터 여신이 제비, 뱀장어와 함께 여행을 하고 있었습니다. 그들이 강둑에 다다랐을 때, 제비는 공중으로 날아오르고 뱀장어는 물속으로 뛰어들었습니다."

이 대목에서 그는 이야기를 멈추었다. 그러자 사람들이 물었다.

"그렇다면 디메터 여신은 어떻게 됐습니까?"

"여신은 여러분에게 성을 내고 계시지요."

그가 대답했다.

"왜냐하면 여러분은 나라 일에는 무관심하면서 이솝 우화에는 열심히 귀를 기울이고 있으니까 말입니다."

◎ 쾌락을 위하여 중요한 일을 등한시한다면 그것이야말로 경솔한 어리석음이다.

작가와 작품 해설

『이솝 우화』는 대부분 동물들의 이야기이다. 동물들의 행동이나 생각을 빌려 사람이 살아가는 모습을 재미있게 그림으로써 인간의 도리와 삶의 지혜를 일깨워 주어, 동서고금을 통해 꾸준히 읽히고 있는 명작이다.

이솝은 기원전 6세기경 갈리티아의 아모리움에서 태어났다. 헤로도투스의 『역사』에 의하면, 이솝은 사모스라는 그리스의 작은 섬에 살던 어느 부유한 사람의 노예였는데, 그리스 본토에 있는 도시 델포이에 들어갔다가 신전의 컵을 훔쳤다는 혐의를 받고 그곳 시민들에 의해 살해당했다고 한다.

이솝의 이야기들은 대부분 그가 주위 사람들에게 들려주었던 것으로, 수세기에 걸쳐 구전(口傳)되어 오다가 기원전 3세기경 아테네의 바브리우스가 남긴 것이 가장 오랜 기록으로 전해진다. 이솝 자신이 만들어 낸 이야기가 주를 이루고 있지만, 그중에는 오랜 옛날부터 민중 속에서 전해져 내려오는 이야기도 포함되었으리라 짐작된다.

이 책은 힘없고 약한 자에게는 꿋꿋이 일어설 수 있는 희망과 용기를 주고, 교만하고 무례한 자에게는 뜨거운 뉘우침의 눈물을 흘리게 해 준다. 웃음 속에 번득이는 지혜를 담고 있는 이 이야기들은 한 대의 매나 소리 높은 꾸중보다 교육적인 면에서도 훨씬 효과적이다.

세월이 흘러도 그 가치가 퇴색되지 않는 영원한 고전으로 많은 사람들에게 사랑을 받고 있는 『이솝 우화』는 사막의 샘물같이 우리의 메마른 삶을 깊은 감동으로 적셔 줄 것이다.